·全民微阅读系列·

U1001642

爬上山顶寺的人

王建刚 著

江苏凤凰美术出版社
全国百佳图书出版单位

图书在版编目（CIP）数据

爬上山顶寺的人 / 王建刚著 . -- 南京：江苏凤凰美术出版社，2018. 10
（全民微阅读系列）
ISBN 978-7-5580-3987-4

Ⅰ . ①爬… Ⅱ . ①王… Ⅲ . ①小小说—小说集—中国—当代 Ⅳ . ① I247. 82

中国版本图书馆 CIP 数据核字（2018）第 053346 号

责任编辑 **曹昌虹**
封面设计 **宁春江**
责任监印 **唐　虎**

书　　名	爬上山顶寺的人
著　　者	王建刚
出版发行	江苏凤凰美术出版社（南京市中央路 165 号 邮编：210009） 北京凤凰千高原文化传播有限公司
出版社网址	http：//www.jsmscbs.com.cn
印　　刷	三河市同力彩印有限公司
开　　本	710mm × 1000mm　1/16
印　　张	14
版　　次	2019 年 3 月第 1 版　2019 年 3 月第 1 次印刷
标准书号	ISBN 978-7-5580-3987-4
定　　价	39. 00 元

营销部电话　010-64215835-801

文化自信从读写开始

杨晓敏

近年来，随着互联网技术的不断推广升级，现代信息技术已充斥各行各业。微博、微信、微小说、微电影，各类“微”产品，以网络阅读、手机阅读、电子设备阅读、光盘阅读的形式，进入大众视野，但这种碎片化、快餐式的电子阅读，仅仅可以作为传统阅读的一种有效补充与辅助，却不能完全代替传统阅读。

我国经济建设的腾飞，带动并刺激着文化事业的极大进步，而文化软实力的增长，又为经济跨越式发展，提供着强势的智力资本的支持。正是这种强有力的智力资本支持，慢慢建立起我们的民族文化自信。

学习的基本途径就是阅读。一个人的阅读力量，决定个人学习的力量、思考的力量、实践的力量；所有人的阅读力量，决定一个民族文化的力量、精神的力量、创新的力量。伟大的中华民族复兴之梦，要靠全国人民共同来缔造实现。提高全民素质，提升全民文化自信，繁荣民族文化，从阅读开始。

为了提高全民素质，建设书香社会，政府正采取一系列有效举措，营造阅读环境，倡导全民阅读。譬如开展读书日、读书月活动，一些省市地区通过整合全民阅读资源，打造了一批有广泛影响力的全民阅读“书香”品牌，还有些地区成立“农民书屋”，送书下乡，让书香墨香飘进寻常百姓家。

作为近三十年才成长起来的一种新文体，小小说的质朴与单纯，简洁与明朗，加上理性思维与艺术趣味的有机融合，及其本色和感知得到、触摸得着的亲和力，散发出让青少年产生浓郁兴趣的魅力。小小说是一种新文体的再造，那些优秀的小小说作品，是智慧的浓缩和凝聚，是一种机巧的提炼和展开，小小说是训练作家的最好学校。小小说贴近生活，速地反映生活热点，传导社会信息，是开启社会生活的一扇窗口。小小说可以培养青少年的想象力，让他们展开飞翔的翅膀。近些年来，大量小小说编入高考作文，入选各类优秀阅读丛书，正为越来越多的年轻读者所喜爱，显示出它强大而茁壮的生命力。

北京辰麦通太图书有限公司提供的《全民微阅读系列》图书，至今已编辑出版 200 多册。它以全力助推全民阅读为宗旨，以务实求精的编选作风，为读者精心遴选了大批风格各异的小小说佳作，引领读者步入美好的阅读丛林。

北京辰麦通太图书有限公司有着具有超前市场运作意识的优秀团队，在图书制作过程中，不但追求内容的丰富多彩，在装帧设计方面，也力求超凡脱俗。在众多中国梦新时代文学丛书系列中，它像一朵充满朝气与活力的奇葩，正逐步形成自己恒久的品牌和名牌效应，为提升全民文化自信、实现中华民族伟大复兴，增砖加瓦。

杨晓敏，河南省获嘉县人，生于 1956 年 11 月。河南省作家协会副主席、河南省小小说学会会长。曾在青藏高原服役 14 年。曾任《小小说选刊》《百花园》主编 20 余年，编刊千余期，著述七部、编纂图书近 400 卷。

目录

第一辑　关于爱情 / 1

第二辑　脑洞大开 / 17

第五辑　陈年旧事 / 89

第六辑　小城童年 / 117

第七辑　人生留痕 / 139

第八辑　叙事光碟 / 165

第九辑　家乡礼赞 / 196

第一辑　关于爱情

关于爱情，我以为：女人是水，男人是岸。男人要有足够宽厚的胸怀建起辽阔的长堤，让女人这汪清水在里边碧波荡漾。诚然，水大漫堤，那是男人的不幸。堤窄水浅，那是女人的悲哀。男人的堤防不能宽泛得无边无际，女人的大波不能逐浪滔天，适度的相互依存，才能保鲜爱情相对到永远。

红须伶猴

在物欲横流的今天，纯真的爱情就像天外来物，可遇而不可求。然而，人类对纯真爱情的向往一时一刻都不能停止，因为没有爱情的世界，将会索然无味。但是在金钱面前，爱情常会被变卖。

热带丛林里，搭起了一座树屋，年轻浪漫的画家乔伊住在上面。一张画板，一架望远镜，他天天要做的一件事，就是给河的对岸长着红须的猴子写生。老爸来电话了，说他谈恋爱谈的精神出了问题，放着大都市的美女、别墅不要，偏偏到亚马孙河人迹罕至的深山老林寻找真正的爱情。乔伊说，城里的姑娘是一朵碧桃花，好看不结果，您老就别隔着千山万水瞎操心。老乔是个亿万富翁，富得遍地是家，女儿一帮，儿子却只有乔伊一个。

“有一片景色好秀美，河那边的。有一个姑娘好可爱，人家的。伤心、落泪、抑郁、单相思，自己的。”乔伊每天一边哼着自己创作的歌曲，一边用高倍望远镜观察着这群长着一嘴红胡须的小猴子，他发现这些人类的祖先虽然其貌不扬，但果真恪守忠贞，一夫一妻，从不乱伦。乔伊觉得好奇，而且有些不可思议，这就把它们一一入画上了网，并寻求它们的名字和产地。很快网友有了回声，告诉他这叫亚马孙红须伶猴，产于哥伦比亚，是灵长类里纯真爱情的最后守望者。

曾经为爱受伤的乔伊，得到网友的答复后，对老爸一再催促他回国的电话，坚决不予理睬。他说，虽说这个世界太疯狂，老的少的在金钱面前活颠倒了模样，但是我的生活里不能没有真正的爱情。老乔说，随你的便，不过有一条，见了年轻美貌的姑娘要是不动心，那是罪过。吃葡萄不吐葡萄皮，不吃葡萄倒吐葡萄皮。乔伊关闭了卫星电话，爬上高高的树屋，架起高倍望远镜，向河的对岸望去。蓝天白云下，鸟儿在飞翔，红须伶猴在跳跃。

一日，一群探险的驴友路过这里，他们发现了树屋，更发现了乔伊这个人才。于是，乔伊和他的画还有树屋一起上了网，出了名。有人出资一千万元买乔伊画的猴，他不卖。他说他不缺钱。有人说拿钱给他办画展他不允，他说他不缺名。乔伊毕业于世界著名的巴黎美术学院，上学时他的画就论平尺换汽车。乔伊自小脾气很怪，追求完美就像着了魔，一个感觉就是一个世界，一个想法就是半辈子生活。

乔伊在网上出名后不久的一天，猴群里忽然出现了一个梳马尾辫的姑娘，她身穿迷彩服，身背一个笔记本电脑，天天穿梭在猴群中间。乔伊觉得好奇，把高倍望远镜对准她的脸，发现这是一个稚齿婑媠的金发碧眼女郎。

荒山野岭哪来的美女？莫非是天外来客？乔伊一连观察了多天，心中豁然明白，这是一位野生动物学家，她在观察红须伶猴的生活习惯。缘分啊，缘分！乔伊的心中倏然产生了一个想法，他想结识这位女子。于是，决定第二天去见她。

翌日，乔伊满心欢喜的在树屋瞭望了许久，那女子却一直没有出现。河那边是怎样一个世界？乔伊想过去看个究竟，可他又不愿意失去这莫名其妙的美好憧憬与期待。日复一日，迎来日出，送走月亮。

女子走了，猴群依然在对岸生息。乔伊不知不觉地渐生惋惜，随之而来的是苦闷、感伤和无尽的思念。他恨自己优柔寡断，葬送了那么多相见、交谈的机会。他不知道，那女子还能不能再次回到丛林里。不管怎样，乔伊拿定主意，只要红须伶猴在，她人就会回来。

终于有一天，女子再次出现在乔伊的视线里，她好像还换了一身淑女装，显得更加楚楚动人，俨然仙女下凡飘落在猴群中间，一颦一笑是那样的妥帖。乔伊再也无法控制自己的感情，异常兴奋地跳下树屋，划船到了对岸。

云在动，风在飘，小鸟在歌唱，猴儿自在逍遥。丛林中，乔伊和女子对视相拥，倾诉衷肠，难舍难分。

数月后，二人带着爱情的结晶牵手回到中国的大都市，在老乔早已布置好的豪华别墅里结了婚。洞房中，到处挂满了红须伶猴相亲相爱的肖像。乔伊抱着美人，感慨万千，他说，我就不信这世界上男女之间就没有了真爱？女子笑而不语。在乔伊的一再追问下，她用流畅的汉语说，我是一个名模，不是什么科学家，那群驴友也和我一样，都是你爸爸用心良苦请来的。

黑月亮

爱情是两个人心心相印与倾慕。说到底就是两好加一好。人是有思维的感情动物，物质之外，精神上的渴求，才是培育纯真爱情之树常青的营养基。

苍穹没有一片浮云，地上没有一丝风儿，一轮圆月高高悬挂在半空，把万千柔和清澈的光辉遍洒人间。天亮了，地亮了，万物生灵被涂抹上一层神秘、缥缈的面纱，心里陡生一种曾似相识而未曾相见的空灵之感！

春之夜，我与妻缱绻窗前赏月。

妻是一个漂亮贤淑的女人。她的五官说起来没有什么摄人之处，只是组合排列得非常合理。妻平时不善多言，尤其是遇到陌生人，常一笑了之，给人大家闺秀的感觉。但若遇熟人知己，那情形便非如此了，妻不仅有时爱说上几句，而且常甩出一连串直白的让人瞠目的话语。妻为人豁达、善解人意，她从不在背后说人坏话，这个世界对她来说，如同一条清澈见底的溪水，整日泉水叮咚流向未来的远方……

“喂，你看今儿这月亮多白净，就像玻璃一样透亮。”

妻用纤美的双手托起面颊，聚精会神的端详着圆圆的月亮，甜甜地对我说。

“噢，美，很美。”我支支吾吾地搪塞着。

妻在赏月。我在赏妻。

妻在我的心目中，非窗外那轮皓月能比。记得那年我剃了一个光光的和尚头由部队回家相亲，我们一见钟情，从此有了家，有了儿子。读大学，妻帮我温习功课；练写作，妻为我誊写文稿；上班，妻为我整好行装；下班，妻为我端上热饭……想起这些，我就觉得心里热乎乎的。

“你不看月亮，总看着我干吗？”

妻的脸被透过窗户的月光照得甚是好看。

“月亮有啥好看的，充其量不过是一个黑不溜秋的大石头球。”

“你说啥？”

“我是说月亮本身是黑的。”

“喂喂喂，你没说梦话吧？”

妻瞪大两眼，懵懵懂懂地看着我。

“傻东西，月亮自身是不会发光的。”面对心地纯洁的妻子，我真后悔打破了她心中的宁静，可话既出口，只有说下去的道理，“那一层漂亮的光泽，不过是太阳光照的结果。这就像我，整日在外红火，其实真正的热源，还不是在你这儿。”

“……”妻欲言又止。

“世界大了，什么稀奇事都有。”我不怀疑妻的常识，但我想借题发挥，了去我这一个时期莫名的纠结心情。我说，“有光的未必能发亮，无光的却能借亮发光。这就是现实，这就是生活,这就是世界,这就是月亮为什么被众星捧在天上的道理。”

妻静静地听着我高谈阔论，半晌没有吱声。须臾，她伸手徐徐拉上窗帘，把月亮拒之窗外。

我想，妻保准又跟我长了学问，心中滚过一阵愉悦。岂料，窗帘未完全拉上，妻却忽然急急打开，把月亮又放了进来。

我一脸不解。妻看着月亮，再看着我，半认真、半开玩笑地说：“你不该是这样的，让我也认识你一回。”

老子·儿子·万年青

不要忽视了老年人的持久情爱。不是每个老年人在丧偶后，都需要找一个伴侣。真正的爱情，是在一方丧偶后，对另一方仍有思念和寄托。

康顾本脾气怪，原本是做学问的人，却喜欢儿女喊爹不叫爸。

“爹！”这一日，儿子下班后带回一盆花草万年青。

“回来啦。”康顾本离开书桌，看看儿子，然后把深沉的目光落在那株墨绿色的阔叶倒披，中间长着乳白色小花的万年青上。

“爹，离休了，就不要费那个脑子了，我看还是出去转转好。”

“半边歇着，用你教训我？！”

嘚，老子与儿子一见面就又戗上了火。这是康顾本在老伴去世后新添的脾气。

一连几天父子之间不愉快。

儿子虽爱花，却不善养花，所以放在阳台上的那盆万年青日渐枯萎。忽一日，儿子发现不知谁把花搬到了自己卧室的阳台上，而且刚换好了砂质土壤，浇上了一层细水。儿子有些纳闷，但也没有过多去想它。

说话到了七月。一日深夜，窗外电闪雷鸣，眼见一场大雨就要落下。“笃笃笃！”，老子敲响了儿子的房门。

“有事吗？爹。”儿子不情愿地问道。

“开门，把阳台上的万年青搬进来！”老子急忙说。

“爹，不就是那盆花吗？让它淋着吧。”儿子没有半点开门的意思。

“咚咚咚！”老子索性用拳头捶了起来。“丧气！”儿子从温床中惊起，下床打开了房门。老子一见也顾不得许多，穿过卧室从阳台上抱起那盆万年青，气冲冲走出了儿子和媳妇的房门。

“爹今儿个怎么啦？”媳妇问。

“不知道。”儿子回答。

“不知道。我看爹是见年轻人好，心里痒痒，还是给他找个后老伴吧。”

“小声点，别胡说八道！”

“嘻嘻。”

康顾本坐在客厅里听着媳妇与儿子断断续续的对话，不禁气得浑身颤抖，一串串老泪像断了线的珠子，吧嗒吧嗒地落在了万年青那宽宽大大、厚厚实实、光洁而凝重的叶子上。

翌日，康顾本坐在桌前叼着烟斗还在生闷气。儿媳上班走了，他叫住了儿子。

“爹，什么事？”

“你会不会养花？知道不知道万年青有喜湿润、忌阳光的特点？”康顾本绕个弯，因为在客厅里听到的那个话实在说不出口。

“不知道。”儿子莫名其妙地看着老子。

“那你为什么把花搬回家来？”

“这，爹，你要是不喜欢，我马上送人就是了。”

康顾本“噌”一下从椅子上站起来，老花镜顺势从鼻梁上滑下，垂吊在胸前。

“爹，你看这……”儿子顿时毛了，他不知道自己又犯了哪路天条，惹得老爹这般不高兴，思前想后，冷不丁就冒了一句想了许久却又未敢说出的话：“爹，我看你要是愿意，就再找一个老伴吧。”

“叭！”儿子的话音刚落，老子就把手里的烟斗重重摔在桌子上。“你这个浑小子，用你为我操心！我告诉你，你知道这万年青又叫什么吗？叫冬草，和你娘一样的名字！”

美丽的智慧

记住父母的好，百善孝为先。虽然婚姻自主，但是父母的话兼听则明，因为他们是过来人。虽然，年轻人有自己的想法，但也需智取，不能强攻。

眼看着父亲孟庆贺的头发一天天变白，年近三十岁的“80后”儿子孟繁茂知道为什么。作为孟姓家族的后人，“不孝有三，无后为大”这句老祖宗孟子的圣训，对于一位退休的报社总编辑和一位汉语言博士来说，犹如洪钟大吕，时刻敲击在耳边。孟老爷子是一位性格开朗的好老头，但是在儿子的婚姻方面却有着独到的见解，那就是门当户对是唯一的条件。因为，他看到了太多的不幸婚姻，皆因错位而引起。自己完美的婚姻，皆因条件对等而存在。

孟繁茂是一所重点大学的副教授，他从小就是一个懂事听话的孩子。父亲的情绪他要照顾，自己的意愿又不能违背。于是，在很长一段时间里，他与父亲无话不谈，就是不谈女朋友。有了父亲太多的和蔼可亲的、语重心长的封杀教训，只要父亲一说要他赶紧讨老婆，他总会微笑地面对。在与父亲心照不宣的微笑斡旋中，他时刻在谨慎地寻找着机会。

很快一年又要过去了，想着老伴在另一座城市给女儿抱外孙，孟老爷子终于沉不住气。一天，话赶话，老爷子找回了失去的话题，逼着儿子要媳妇。儿子笑笑说，咱不谈这个行吗？老爷子说，不行。我不能再被你的微笑所迷惑。儿子笑着说，不急，媳妇早晚会有的。孟老爷子一听这话就急。儿子就得听老子的，在老孟家这就叫天经地义。半月之内你必须给我领回一个媳妇，不然，我打电话把你妈叫回来，你跟她解释。儿子笑着表示无语、无奈。想一想，收起了笑脸，一本正经地说，半个月太久了，三天就行。说完，蹲在地上摆弄一下 CD 机，电视里就有影子在晃动。他说，你看里边这个模特怎么样？

电视里的模特正在走舞台秀，儿子手指的那个漂亮出众的女孩一闪一亮的向孟老爷子走来。孟老爷子说，少来这一套，我懂。你有能耐，把她叫下来？儿子说，当真？孟老爷子说，君子一言，驷马难追。儿子笑了，扭头下楼去了。过了大约半个小时，儿子还没回来。孟老爷子心里有些犯嘀咕，莫非儿子给我来了一个激将法？让我落入了他的圈套？不能。孟老爷子正在犯嘀咕，楼下汽车响了，儿子回来了。

“叮咚”，一阵悠扬的门铃声响起，儿子手捧一盒大蛋糕、酒菜，还有一束雪白的百合花站在了门口。老爷子不解地问道你这是？儿子笑着说，是不是在敲小鼓，怕我把模特真领回家来？老爷子说你太小瞧人了。我说过的话，那就是板上钉钉。儿子说，好，到时你可别后悔？不会。老爷子看着摆弄蛋糕和酒菜的儿子，摆出一副胜利者的姿态。一切收拾停当，儿子把老爷子请上正座，说，今天是父亲节，我祝爸爸万事如意、健康长寿！祝我们的友谊天长地久！

酒过三巡，老爷子喝得尽兴。儿子说，我给你放一段评戏吧。说完，撤换了光盘。评戏里播放的是《花为媒》，老爷子是唐山人，所以，一看到赵丽蓉，他就想起了老伴。一想起老伴，他就想起了老伴临去女儿家前的嘱咐：趁着我们还能动，要儿子早找媳妇早生孙子。想到这里，老爷子长长地“嗨”了一声，他说，你妈一走就是一年半载，我一看见屋里就你我二人，心情就不好。快跟你妈说，什么时候把媳妇带回来？儿子说，三天之内。你说的是那个模特？对。老爷子哈哈大笑起来，他说，就凭我儿子满腹诗书、一表人才，我不信你找一个模特。儿子说你要反悔？老爷子说，咱爷们吐口唾沫砸个坑，泼出去的水咋能收回来。听了老爷子的话，儿子只是个笑。

第二天上班前，儿子说，晚上弄几个菜吧，下班后我可真要把媳妇给你领回来了？老爷子说好吧。话虽这样说，老爷子心里多少还有些发虚。从早晨到中午，再到晚上，老爷子心里一直在打鼓，他在想莫非儿子真的是找了一个模特？

华灯初上。儿子回来了，他说，我给你花了一个月的工资，买了一块上海世博会的纪念金币，你得犒劳犒劳我。老爷子见状喜出望外，说着行行行，捧起金币，就像座山雕见了联络图。他说，这个好，既可欣赏，又可保值。老爷子是个收藏迷，满屋的收藏品大到一人多高的青花瓷瓶，小到邮票，应有尽有。儿子说，我有一个问题需要请教老爸？你说。人们花钱买金子，是能吃，还是能用？老爷子说，你越学越糊涂了，金子是稀有金属，天然的，不可再生，所以物以稀为贵。儿子反问道，唯一的就好？老爷子说，那是。儿子说，金子、珠宝、领袖、巨富和美女在某种意义上说都是唯一，是不是同等关系？老爷子想了想，他觉得这会儿让儿子绕得有些糊涂，理一理思路，说，应该是。儿子说，是就好。老爷子说，你说了半天，媳妇在哪里？明天可是最后一天，你不能食言。儿子说，不就是那模特吗，你就等着吧。

第三天的中午，儿子没有回家，老爷子有些心疼。他觉得儿子这样孝顺自己，自己却在儿子的婚姻问题上总是委婉地出慢手，这样太不应该。他觉得有必要跟儿子谈一谈，让儿子自己的婚姻自己做主。老爷子忙乎了一下午，刚刚摆上晚饭，儿子回来了，而且他果然把女朋友领进了家门。老爷子上眼一瞧，怎么这么眼熟？噢，想起来了，这位就是前天电视里的模特。儿子分别介绍说，这是我的女朋友、我们学校模特队的全国冠军梅丽。你面前的这位是和蔼、开明、睿智、风趣、时尚的老爸。

吃过笑脸相对的晚饭，送走欢迎再来的梅丽。老爷子用一种从未见过的异样目光看着儿子，说，好小子，你把欲擒故纵的这一招都给我用上了？儿子说，不敢，不敢。老爷子说，做都做了，还说不敢。这是不是一年前你说的那一个？儿子说是。老爷子说，明修栈道，暗度陈仓，小麻雀哄了老家雀儿。儿子说，冤枉啊冤枉，我从来就没有违背过老爸的意愿。只不过，我的情商太低，两千五百年前的爱情迄今才光顾于我。怎么讲？你听："关关雎鸠，在河之洲，窈窕淑女，君子好逑。"

生日礼物

为了不让受伤残疾的老伴在六十岁庆生时感到寂寞，一家人别出心裁地想出了情景再现的奇思妙想，让残缺的生日祝福，格外的异彩纷呈。

六十岁的生日，是他们二人金婚的纪念日。无巧不成书，及平常与安心恰恰又是同年同月同日生。双方约定，生日那天一起攀登爱情山，度过美好的一天。原本这是一件史无前例的天作之合的事情，可是及平常怎么也高兴不起来。一个重要的原因是：去年的夏天，他出了一次车祸，俊朗潇洒的他死里逃生。人活了，双腿却没了，这对于一个户外登山爱好者来说，太残酷了。于是，及平常决定，取消今年的生日宴。

心地善良的安心，最理解老伴的苦衷，她再三地劝说及平常，既然叫平常，就要有一颗平常心。今年过生日，咱就不打搅儿子他们了，自个的地，自个拿锄，自个留苗儿，到时候吃碗长寿面就行了。

日子越过越近，及平常发现老伴依旧天天出门打小麻将。这事搁在以往，及平常并不上心。但今年的生日特别，尽管自己嘴上说取消，其实心里非常渴望重攀爱情山，因为三十多年前他们在那里邂逅。

秋天的夜空十分爽朗。及平常打开了电视，县电视台正在一如既往地播放着爱情山风光片花界面。陡峭的悬崖，空旷的山谷，潺潺的流水，翠绿的山林。那年，他插队来到山脚下的村庄当上了武装基干民兵兼羊倌。一天他正赶着羊群到溪谷里吃草。忽然，一个漂亮的姑娘向他狼狈地跑来。“有狼！有狼！”，姑娘一边跑，一边喊，脸色吓得煞白。及平常扔下了鞭子，端起了背在身后的步枪，问，“狼在哪里？”姑娘用手指了指桃树林，藏到了及平常背后。有姑娘在后腰顶着，手里又端着枪，及平常哆嗦了几下稳住了神儿，一步一步向桃树林攀爬过去。等他到了跟前一看，差点没笑得肚子疼。原来这是他们知青点上的狼狗，正在那里吃一只被下了卡的兔子。

这事儿在及平常这里，成了烂在肚里的笑话。姑娘就是安心。她在另一个村子插队，听说山谷里的野生桃子熟了，就一个人顺路来到了这里采摘。从此，爱情山上悄悄地多了一对恋人。

生日和金婚纪念日终于到来了。晚上，在自家的小餐厅里，伴随着悠扬的婚礼进行曲，生日蛋糕上开放着两朵并蒂莲，并蒂莲下有一对栩栩如生的恩爱鸳鸯。这是安心精心策划的，她请了小城最好的蛋糕师加工制成。触景生情，及平常再也抑制不住激动的心情，接受了老伴大大方方的热烈拥抱。

这时，灯忽然灭了。超大屏幕的液晶电视上开始有了色彩，须臾，在小提琴协奏曲《梁山伯与祝英台》的伴奏下，爱情山迎面走来，年轻的及平常和安心的照片出现在荧屏里。随着甜蜜的音乐流动，溪谷里的安心和儿子，踏着鹅卵石，攀爬上荆棘丛生的陡峭山坡，在一片野生桃树林下，演绎着他们当年的故事。

太感人了！及平常还未缓过神儿，灯亮了，门开了，走进来了儿子和媳妇。两束洁白的百合花献给爸妈后，儿子突然问老爸："我媳妇的摄像技术还可以吧？"

太阳落了，月亮升起来

老年人的爱，需要社会的关注和帮忙。尤其是古稀之年的爱情需要摒弃世俗的目光，需要儿女们的理解。爱情的火花，不分青春、年老。牵手相伴，那是岁月的另一种需要。

日近黄昏。小四合院的胖老太太习惯地提着小凳子步履蹒跚地从院里走出来，坐在高门楼的台阶上。她用手抚一抚满是皱纹的脸，深沉的目光凝视着对面的小花园。

说起小花园，不过是居民区的一小块闲散地。春天，一位热心肠的老园林工移来了草皮儿，种上了花，开垦了这块处女地。如今，这里已是一片鲜嫩的绿茸茸的草地，草地上长满了修剪得非常好看的芍药、月季、米兰。秋风一过，浓郁的芳香便从篱笆缝中钻出来，直扑鼻孔。

胖老太姓刘，老伴几年前过世。据说过去她也曾当过什么科长，也曾漂亮过。不过岁月的流逝，生活的蹂躏，儿女的吃累，早早地把那些属于她的，女人特有的魅力磨得干干净净，留下的只是多病的身体和没完没了的“牢骚病”。从前她可不是这个样子，突变来自一场惊吓。那是半年前的一天深夜，胸口闷的老毛病又犯了。想动，动不了；想喊，喊不出。正当她绝望的时候，幸好住在隔壁的儿子起夜听到了动静，这才把她送到医院。病，虽然好了，心上，却裂开了一道难以愈合的伤口。一连几天，她吃不好，睡不安。思前想后，这天晚上，她终于鼓起了勇气把儿女们叫到跟前开了个家庭会。“妈身体不好，你们都弄着个孩子，总照料我也不是个事，我想……”她的话还没说完。儿女们就哭了，说是对不起死去的爸爸，让妈妈感到不顺心了。女儿们提出接妈去住，儿子不同意。儿子说，你们要是心疼妈，就每个月拿个份子钱。女儿们说，美的你。见到这情景，她为难了，后半截话只好咽了回去。

夜里，老太太做了个梦。梦见她和一个瘦高老头，就是那个建造了小花园又常来门前修花浇水的老园林工，那个不曾说过一句话，听人讲一辈子也没见过女人前胸后背的鳏夫，羞答答地坐在长椅上，相互诉说自己的心事。忽然一阵风，瘦老头不见了，眼前却是一张张儿女们冰冷、乞求的面孔。

“为爸爸想想吧，他是县长！”

“为我们想想吧，别添个累赘！”

“为自己想想吧，都六十岁的人了！”

……羞死了。她起身想走，走不动；想藏，没有一个遮挡物。天哪！这可怎么办？

心一急，醒来了。刘老太太喘着气，呆呆地在黑夜里坐了半晌，不知是惊，是怕，是羞，是涩，是为梦幻而庆幸，还是为不是现实而惋惜。她哭一声，叹一声，笑一声，说一声：“他爸，你要是再多活几年该多好哇。”冷汗和着热泪顺着剧烈抖动的下颌劈里啪啦掉在了枕席上。

从这以后，刘老太太又多了一种新“病”，一种年轻人难以理解的“病”：闲来无事就门前一坐。

往事如云，慢慢融合在五光十色的晚霞中。黄昏的到来，为年轻人幽会增添了一抹神奇的色彩。然而这对于只身步入老年的人来说，那将是最悲哀，最凄凉的时节。刘老太挪一挪发麻的身子，双手托起下垂的面颊，霎时，眉宇间拧起一幅情感交织的涡流图案。这图案就像初学油画写生用的调色板，五色交错。不知过了多久，忽儿远处传来一阵沙哑的车铃声，这涡流图案突然滚动起来，汇成一条条晶莹的小溪漫过老太太脸上沟沟坎坎流向那片干涸的心田。他来了，那个瘦瘦的、高高的、脸刮得青亮亮的老园林工。他走进了她的视野，走进了小花园，走进了……然而，这次又不曾打个招呼。

他一声不吭地干着。她默默地看着。

他走了。她起身回到了院里。

金灿灿的太阳吻完白杨树尖上的最后一片叶子，一头扎进了大地，天黑了；银亮亮的月牙眯缝着眼挂在天空，地亮了。

第二辑　脑洞大开

人类进入了一个崭新的智慧时代，一切经验已成为过去。思维的疆界已然从地球到了月球和外太空，任何漫无边际的想象在当下都具有合理性。因此，需要我们大开脑洞，让潜在的智慧发出耀眼的光芒。

头脑风暴

想象为科学插上了翅膀，未来的智慧城，人工智能将会成为主宰。所以，我们必须打破传统的魔咒，让未来的不可能变为现实。

哈德森博士走进智慧空间的刹那，心翱翔到了九霄云外。这是一座上海世博英国会馆模样的建筑物，远远看去就像一只巨大的刺猬蜷曲在那里。入口处在尖尖的嘴巴位置，一对鼻孔是换气通道，两只圆圆的眼睛，既是探照灯，又是电子眼。这里戒备森严，居住生活十分奢华。穿过乳白色的大理石甬道，推开镶金嵌银的水晶之门，来到穹顶无极限的空间，这里有一个可以随意调整卧室的房中房控制室,你可以根据自己的爱好，把卧室悬浮在空间，或是隐匿在五色的彩光里。奇花异草布满了目光所到的角落，抑或是空旷的山野、草原、沙漠、大海，这些都是根据你的需求不断变化而存在的。

密斯特是这里的主管，他同时是色彩和用光超级大师。他就像一个无影灯下的应该存在的影子，抑或像你面对太阳时自己的影子，只有转回身时，才能看到他。当然，这是他想要你看到才会有这样的效果。因此，来到这里的科学家们对他充满了敬畏。

刚进入智慧空间的哈德森博士异常兴奋，每天躲在私密空间幻想未来，心中十分惬意。然而，随着时间的推移，他感到了孤独，于是通过大脑发出指令寻求与朋友的沟通。刹那间，乔治、村上大井、米斯特王博士走进了他的空间。原来他们同居一室，只是由于每个人都在忙于幻想和思考，这就彼此忽略了对方的存在。这里是 2050 年头脑风暴智慧空间舱，成员全部为人类顶尖的科学家，目标直指太空世界。具体来说，就是研究如何让地球自转发电，让空气变为人类及各种动物食粮，让光线变成通往太阳城的轨道，让人像鸟儿一样在天空自由飞翔的哥德巴赫另类猜想。

米娜是位漂亮的博士，她在智慧空间的另一端，不久前她和多位女科学家一同被联合国未来研究所招到这里。最初的日子，姐妹们一个个矜持地忘我工作，然而久而久之，她们发现工作之外总觉得缺少点什么。于是，幻想着有一天走到对面去，看看异性的同行们如何生活。

智慧空间独有的饥渴工作法，是米斯特的一大发明。他认为，男女搭配虽说干活不累，但不利于深度思考。因此，只有把有智慧的男人和女人分类搁置，相互牵挂，智慧才能十分给力。然而，米斯特忽略了人类的情感这一非常美妙和十分棘手的问题。他的如意算盘没打好，很快产生了情感危机。于是，密斯特把基地的所有人召集到一起开了一个头脑风暴晚宴。让每个人相互认识，于是，一项重大发明诞生了。

不久想象空间的结合部诞生了一个魔幻空间的欢乐魔镜。只要心有所想、心心相印，对镜一笑，两个人就能到里面约会。有了这样一面魔镜，孤寂的人们内心变得蠢蠢欲动起来。然而，很快让密斯特感到了失望。一连十数天过去，魔幻空间居然没有收获一对相爱的恋人。因为，女博士们想的是佐罗一样的美男，男博士想到的是玛丽莲·梦露一样的美女。

密斯特再次调整了魔幻空间的约会条件，他把男女博士的形象通过计算机整容后放到了里面，然后设计了程序，只要异性触摸，二人便会情感迸发，激情四射。为了验证魔幻空间的魅力，密斯特试着把哈德森和米娜装了进去。须臾，一个变成了佐罗，一个变成了玛丽莲·梦露，当他试探着把哈德森的手放在米娜的手上，刹那间，空间里就出现了哈德森和米娜紧紧依偎缠绵悱恻的影像，一切是那么逼真，感觉那么良好，那么天遂人愿。无上妙品！然而就在他们沉浸在幸福中时，空间里站满了一群大眼瞪小眼的男女博士，愤怒的目光像火一样燃烧。千夫所指密斯特：恶魔！变态！

密斯特一脸的无奈。他万万没想到这项发明会惹怒这群高智商的文明人。于是，他要关闭智慧空间。然而，众人却不答应。米斯特无奈，只好按要求生产出一批史泰龙、李小龙，还有嘉宝、林黛玉们放到里面。从此，智慧空间不再寂寞。不久的将来，一群超级婴儿将要诞生。

雕　像

看似荒诞的描述，实则是真实的存在。所学非所用，往往不是我们的顺位选择，而是现实的残酷让我们无所适从，总处在一种尴尬的境地。

美院里出画家，天经地义。可是，现如今美院多如牛毛，画家也只能有一个名分罢了。于是乎，在鲜花盛开的商品经济社会里，画家欧阳丹青如同一只狗尾巴草，被春天遗弃在茫茫人海里。不是欧阳丹青不努力，就怨欧阳丹青命运不济，本可以名师出高徒，却流落街头玩起了人体雕塑艺术。细皮嫩肉的身子，被涂上了一层鬼魅黑的油彩，活蹦乱跳的大男人，像木头杆子一样杵在城市的十字街头，时不时、机械地变换着一个又一个姿势，以吸引过往的人们的眼球。尽管这谋生的手段让小城人觉得不可思议，起初的欧阳丹青也觉得些许难为先人。但是，为了生活，为艺术而献身，欧阳丹青也只能从了。

本来，我们只能这样表述，欧阳丹青是怀着一颗感恩之心回到资助他完成学业的小城工作的。他没有一星半点的奢望，只求在任何一所小学里担当一名美术老师。然而，他万万没想到最低要求变成了可望不可求的奢望。教育局的主管，看完了他的毕业证，说，可惜了，眼下什么都缺，就是不缺老师。欧阳丹青感到无奈，他说，我听说许多老师从没拿过画笔，就当上了老师，能不能给我一个机会帮帮他们。主管同志笑了，说，一个萝卜一个坑儿，你来了往哪能儿插？

欧阳丹青琢磨了一下也是这个理儿，满脸赔笑地说了一声也是，羞答答地回到了马路上。一连数日，行人做伴，星月为伍，那高楼大厦，那名贵的车流，就像是梦中的海市蜃楼。于是，在囊中羞涩之时，他想到了在学校里吃不够的白面馒头加咸菜，如果再有一碗凉水，那是多么的幸福啊！

欧阳丹青病了，病倒在一家时尚的广告公司的门厅前。

这是一家市财政开支的先锋艺术中心，十八层的欧式建筑大楼，足以让每一位过往的行人仰视良久。城市虽然不大，但出过一位享誉中外的雕塑家。历届的城市经营者，把艺术作为己任，尽其所能拉近与雕塑家的距离，这让小城的人们为之感动。

中心主任长着一双慧眼发现了骨子里长满艺术细胞的欧阳丹青。他让门卫把他抬到了传达室，一顿饱饭了解了实情。主任说，我这里正在搞人体雕塑展示，目的是想唤起美的意识，打造一个全新的城市雕塑艺术世界。只是，想法很好，无人接招，百十号人没人愿意走上街头为艺术献身。

机会来了。欧阳丹青明白主任的意思，他想，一个连饭都吃不饱的人，是没有理由拒绝到嘴的食物的。再说，在学校里男的女的光溜溜的身子不知画了多少，这一次也该轮到自己为艺术现身了。

第二天，大街上多了一个“思想者”的雕像。起初，街上的男男女女投来匪夷所思的目光和惊异的眼神。再后来，那目光变得不屑一顾，甚至有些鄙夷。有人说，一个大男人干点什么不好，非要在这儿光着身子晒屁股，真没劲！其实，欧阳丹青是穿着裤衩的，只不过黑黑的油彩覆盖了胴体。几天过后，尽管欧阳丹青更加熟练地摆起不同的“掷铁饼者”“丛林战士”“兵马俑”，但依然留不住人们的目光。

审美疲劳。欧阳丹青感到无辜无奈无助，一番思想将过后，他决定用现代雕塑重新吸引人们的眼球。于是，城市的中心就有了一截搭建着绿色鸟巢的朽木。流动的人们终于又停下了脚步，反反复复地琢磨着这是个什么东西？

然而，火爆的日子稍纵即逝，不幸再次降临。一连数日，人来人去，只剩下欧阳丹青晒在那里。

天空中骄阳似火，汗水流到了嘴里。为了艺术的真实，欧阳丹青坚持着。在他看来，不怕小城人不懂艺术，就怕艺术走不到群众中。想到这里，欧阳丹青迷离的双眼就炯炯有神，他看到了空无一人的马路上泛起水波，一片片，一道道，就像大海的碧波滋润着干涸的心田。终于，在欧阳丹青的幻想中，一个赤裸上身的胖大男人向他步履蹒跚地走来。欧阳丹青顿时乐不可支，他终于等到了知音，等到了那个疼他爱他怜悯他的人。男人摇摇晃晃地站在了“朽木前”，伸手摸摸鸟巢（欧阳丹青的头），然后拍一拍欧阳丹青画有树皮的肚子，嘴里嘟囔一句，这地儿没有警察，就在这尿吧。

如注的热尿摧垮了欧阳丹青的心里底线，他愤然地收回了“枝杈”（双手），怒不可遏地吼了一声：“垃圾！”闻听此言，醉鬼惊吓得停止了排泄。当欧阳丹青愤然离他而去之时，他眨眨眼，看了又看，想了又想，突然嗷了一声：“见鬼啦！”就提起裤子，连滚带爬夺路而逃。

死亡之旅

信息时代的到来，不是让人类变得好逸恶劳，坐享其成。而是让时间变得富余起来，让人们在享受的同时，从事一种更加有益的活动。

崇尚生命在于静止的美食家余达人，终于盼来了无所不能的信息时代。面对物质诱惑极大丰富的现实世界，他把脸上的笑纹挤到了后脑勺上，然后，顺着油光水滑的大背头轻轻向后一抓，放在面前再轻轻一吹，于是，多年的“足不着地”户外旅游大梦即成实现。

清晨的阳光斜照在余达人光溜溜的屁股上的时候，他下达了“更衣”的指令。于是，曼妙的机器人小姐给他穿衣、洗漱，然后把一杯冰茶、两只热狗呈给他。用膳过后，余达人伸出两根手指，摆了一个造型说，出发！须臾，一台类似轮椅的电动车缓缓而来，机器人小姐抱起余达人坐在上面，然后向别墅的门厅走去。

一辆全自动的豪华绿色房车早已恭候多时，余达人到来时，车门像飞机的旋梯般落了下来，麻利地将他迎了进去。

余达人愉快的旅行开始了。房车是一辆高科技性能十分完备的休闲娱乐多功能车。里面春夏秋冬随意转换，娱乐休闲、衣食住行，方方面面，一应俱全。不仅如此，房车还可以根据主人的想法，随意调整状态。譬如，如果行驶在一段起伏的丘陵地带，你想有一种溜冰的感觉，那房车里就会出现一个巨大的溜冰场，车子立马调整到水平匀速状态。假如你行驶在宽阔的柏油路上，你想找到大海航行的感觉，那么房车就是一只船，车里车外就是一片蔚蓝的海洋。如果你现在想听一段青衣、花旦的京戏，大屏幕里就会站着梅兰芳、赵燕侠。你说下来，他就下来。你说唱，他就唱。如果你这会儿想吃海南的椰子、黑龙江的大鸭梨、上海的大闸蟹、内蒙古的烤全羊，机器人小姐会从冰柜里给你和盘端出摆在你的面前。这些，在余达人一一尝试过后，美的脸上都写满笑纹。他说，早知信息时代这么好，何必当初学走路，还没少摔跤。

房车在余达人的指令下，来到目的地滨海沙滩。美丽的机器人小姐抱起他向海边走去。七月的沙滩，美妙无比。余达人在小姐的怀抱里迎着香润的海风，望着明晃晃的蓝天，他忽然有了一种想要飞翔的感觉，一种到海里一游的冲动。可是，人在怀中，身不由己，几经挣扎，毫无结果。于是，他叫机器人小姐把他放下。小姐说，我不同于房车，来时你早已把指令输入我的体内，你不能双脚落地，我要对你的安全负责。余达人听闻，表现出一脸的不幸和无奈。他绞尽脑汁，忽然想起了一个两全其美的办法。他说，你把我放在海面上漂浮，这样不就解决了这个难题吗？机器人小姐考虑了一下，说，可以。这就抱起余达人向海水里走去。

当海水淹没到机器人小姐的臂弯，余达人快活地尖叫着漂浮在海面上。忽然，机器人小姐身上发出一道蓝色的电光，她触水失灵了。须臾，余达人只在海面上停留了几秒钟，便迅速向海底沉去。离开了机器人，离开了房车，在幽深的海水里，余达人显得那般绵软无力。他没有一点点挣扎，因为他没有一点点气力。下沉，极速下沉，余达人的四肢没有任何反应，只有大脑在飞快地旋转着。

余达人来到了金碧辉煌的龙宫，漂亮的龙女们在列队迎接他。美啊，实在是美！余达人在心底叫了最后一声美，二百斤的白胖身子轻轻落到了海底深处的大床上。

天下物流

任何人不能阻挡大趋势的到来，顺应潮流才能占有最大生存的空间和先机。尽管预判早已到来，但这篇写于 2007 年，发表于 2009 年的作品，希望能给读者一点启示。

2020 年的第一场雪，下在了腊月初一的早上。看着养眼的银装素裹的世界，80 后的“大赢家”网络总裁冯天峥喜出望外。他踌躇满志地坐在摩天大楼里的超大屏幕前，翻看着漂亮的女秘书兼未来夫人刚送来的“天下物流”计划书，心情有如瑞雪一般凉爽。须臾，敲击一下键盘，北京、上海、天津、重庆、广州……一座座现代化的都市轮番跃上屏幕。随着鼠标的不断点击，北京定格在画面中央。冯天峥抬头一看钟表墙里的北京时间，上午九点整。他青涩而老道地笑了笑，把箭头移向了紫禁城，随着“咔咔”的点击，北京变成了东城区，东城区变成了王府井。正是节前购物高峰期，繁华的步行街却好像今天休息。

豪华商厦的前厅，西服革履、一脸“囧”相的老莫董事长兼总经理，率领全体楼层经理笔直地站在冰天雪地里，他的脸上机械地重复着两种诡异的表情：面朝走进商厦的顾客，笑脸相迎；看着双手空空离去的上帝，木如若鸡，苦若寒霜。天上的雪花犹如刀子般下在了老莫心上，他下意识地摸一把冻僵的脸，强烈地感受到这个冬天要比以往寒冷的多。

“是该让商家们清醒的时候了。”冯天峥面无表情地紧盯着大屏幕，看着老莫呆木的表情，会意地一笑，下达了“春供开始！”的指令。于是，普天之下，一排排、一队队物流车，从天而降，霎时，布满了京城的大街小巷。随着“分散入户”指令的再次发出，一群群绿衣员工跳下物流车，或手提或肩扛或驾驶着微型配货车，奔向社区的犄角旮旯。

物流车有序的滚动前进着，瞬间就像奔腾的绿色潮水，席卷了整个京城。“顶！顶！顶！”冯天峥不时地敲击着鼠标，翻看着来自一线的消息，心中激荡着打劫后的狂喜。网络的出现，颠覆了历史。为怀有奇特梦想的冯天峥插上了翅膀，飞上了梦想不到的天堂。同时，网络也如同一个幌子，让无数青少年和老实人掉进了深不见底的陷阱。冯天峥说，他是一个从山沟里走出来的天才穷小子，是网络大学教给了他知识，让他摇身一变成为一个超级网络 CEO。他不是一个寓言家，但他是一个超现实主义者。他想依靠网络的力量，撬动这个世界。他说，二十一世纪是网络购物时代，一切消费者可以足不出户，就能买到物美价廉的商品。卖场只有与网络强强联合，才能挽救传统商业的命运。然而，商业巨头们对这个乳臭未干的毛头小子的建议不屑一顾，因为二十一世纪的前十年他们依然大把盈利。直到 2015 年，他们这才发现卖场的销售额出现了大幅下滑。于是，他们联手不惜血本花巨资重新整合了卖场，购进了更加齐全的商品。然而，他们万万没有想到，精心打造的卖场，不经意间却变成了消费者们看货、验货的平台，而真正的交易还是在网上。为了改变这种局面，老莫使出了浑身解数，降价、买一送一、让利返还，等等，高招用绝，可是还远比不上省去中间环节的网络购物带给消费者的实惠。"垄断！无耻的垄断！"在一次次抗争中，豪华商厦就像楼兰古城，一夜之间成为消费者心中的遗址。

春节过后，一家又一家卖场在痛定思痛后相继停业改造，引进了许多智能化、人性化的设计和亲情、娱乐元素。这一天，冯天峥坐在办公室里正为商家的突变而焦虑，秘书兼未来夫人走进来告诉他，有位老总要见他。冯天峥看一看她，说，怎么这么没规矩，工作期间谁也不见。秘书兼未来夫人撅着小嘴说，这个人我拦不住。冯天峥说，那就请他进来吧。来人径直走到了冯天峥面前，冯天峥觉得有点面熟。嗯，他想起来了，这个人就是豪华商厦的那位老莫董事长兼总经理。冯天峥说，你找我有事？老莫说事关重大。冯天峥说要是谈合作的事，免谈。老莫说，既然你不想谈合作，那我想不想当你的老丈人这事值得商榷？冯天峥勃然大怒。说，你怎么这么没修养？自古胜败乃兵家常事，我没见过你这样的败军之将！出去！听了冯天峥的话，老莫气得脸色铁青。不等他发作，秘书兼未来夫人上前一步站在了他们中间，她瞪大一双杏眼愠怒地看着冯天峥，说，你住嘴！他是我爸爸。

魔　镜

五眼魔镜的发明，使得阿瑞获得了诺贝尔奖和联合国“拯救世界大奖”，正当人们为兴高采烈的阿瑞祝贺时，鲁迅先生走了过来，他不屑一顾地说，你这个得了软骨病的家伙，为什么不敢直面人生，却制造出这样一个“捂眼”欺世蒙人？

狗肉搜索引擎发表了一条爆炸性信息：安徒生的《皇帝的新装》今天即将在全世界重演。动一动鼠标，你就可以将你的情人、仇人或是即将成为情人和仇人的人放进电脑里，把衣服扒个精光，或安上个猪头、狗脸，或给你当牛做马，或任你随意处置。从现在起，无论你在何时、何地做爱，你就像在大庭广众面前走秀一般，亮亮堂堂，无遮无挡。从此，天下再无隐私。

消息引来了无数人极大的恐慌，各路网络专家使尽浑身解数也无法阻止“狗肉搜索”疯狂时代的到来。睁眼，闭眼，吃饭，睡觉，到处全是看不见但却长在心里的电子眼。于是，人们采取各种方法，借以规避被剥光亮相的尴尬处境。网络的魔力太可怕了，联合国的高官们经过多次召开会议，把屏蔽狗肉搜索的重任交给了未来研究所的博士后阿瑞身上。阿瑞是谁，那是比尔·盖茨的同门兄弟。他有一句名言：既生阿瑞，何生盖茨。为了阻止疯狂的无隐私时代的到来，阿瑞把自己关进了硅谷核心密室，七七四十九天，研究出了一种“五眼”魔镜。这种魔镜有些像时下女人们骑自行车出门戴的遮阳帽，前脸有一个大舌头，把一张脸罩得严严实实。

阿瑞说，五眼魔镜有着五大功能，一眼看天，一眼看地，一眼看远古，一眼看未来，一眼看现在。魔镜很快畅销，戴上它一抬头就能看到女娲在补天，嫦娥在奔月，玉皇大帝在上朝，八仙女在下凡。低一下头，就能看见黄金遍地、原油如海、煤层如山，火红的岩浆潮起潮涌。怀古静思，你会紧握大禹的手，钦佩他为治水三过家门而不入。畅想未来，你会沿着通往月球的天梯，一边唱着《月亮之上》，一边漫步在太空。一切都是那么美好，只是面对现实时，魔镜还存有一些问题，因为它无法辨认正在发生的事情是好是坏。一条条反馈意见打爆了阿瑞的手机、邮箱。阿瑞经过反复琢磨，决定上天入地请出老子、孔子、孙子、孟子及历朝历代的开明皇帝，让他们拿个主意。先人们面对阿瑞，多是无奈。倒是老子一句话，给他提了一个醒儿。老子说：道可道，非常道。阿瑞揣摩着这句话的含义，终有一日悟出了其中的道理：阴阳世界，无外乎黑白两道。很快魔镜的第五只眼开光了。你戴上它只要往好处想，世界就会混沌初开，霞光万丈，风和日丽，鸟语花香。你若是想坏事，十八层地狱的大门个个为你打开，黑白无常就会倏然间张牙舞爪向你扑来。如果你什么也不想，地球就会变成一只摇篮，轻轻地飘落在宇宙的汪洋大海之上，我们静静地躺在摇篮里，看着蓝蓝的天，蓝蓝的海，蓝蓝的月亮，蓝蓝的太阳，一遍又一遍做着蓝蓝的梦，漂向蓝蓝的未来世界。

五眼魔镜的发明，使得阿瑞获得了诺贝尔奖和联合国“拯救世界大奖”，正当人们为兴高采烈的阿瑞祝贺时，鲁迅先生走了过来，他不屑一顾地说，你这个得了软骨病的家伙，为什么不敢直面人生，却制造出这样一个“捂眼”欺世蒙人？阿瑞哑然。

患　者

无事生非，常会将一个正常的人变得不正常。没病找病、没事找事的人大有人在。

鲁博明说不清道不明是怎样走出医院大门的，他脑海里只有那一纸写有“萎缩性胃炎”的诊断书在上下翻飞。因为，这对于有着“业余医生”雅号的鲁博明来说，无疑是在告诉他，这是癌症的早期征兆。

回到家，鲁博明给单位上挂了病假电话，颓废地坐在长条沙发上。妻子外出学习去了，儿子放暑假去了姥姥家。望着满屋的锅碗瓢盆、易拉罐，他感到了一种从未有过的失落感，一种乱七八糟的感觉。都走吧，都走吧！我一个人死去，省得看见你们在我面前哭嚎。

鲁博明点上一支烟，吸完了，再点上一支。不知过了多久，抽够了，坐累了，然后，随手把沙发上该换洗的衣物一拨拉，腾块地儿，躺在上面。人啊，嗨！不都是这么回事，早晚都有个死。怕什么？大不了这官当得小，死后追悼会开得冷清些，再不就是给妻儿的抚恤金少些。不行，这三室一厅的住房该不会收回吧？想到这儿，鲁博明“噌”一下坐起来，环顾一下四周，认认真真思考一番后，自嘲地一笑：真是的，还是领导干部呢，就这觉悟？咱还是好好想想如何住院治疗继续为党工作的事吧。

一想到住院，鲁博明不禁打个寒颤。市医院条件不错，可内科的主治医师是妻子旧时的相好，不能去。那么，到郊区医院？不，也不行，想我堂堂一科之长，怎么能去那种地方。那怎么办？要么去铁路医院，那儿条件不错，只是不让陪床。嗨，都什么时候啦，谁还会来给你拍马屁，还是自个可怜自个吧。鲁博明侧一侧身，顺手从茶几上抓过一把瓜子，一边慢悠悠地嗑着，一边想他的病，想他的事。

五香奶油瓜子皮剥落了一地，鲁博明觉得有些渴，他拿过来一罐饮料，用手打开，侧歪着身子就要喝。谁知，罐口未沾嘴，便洒了一地。鲁博明起身刚要发作，却陡然生出一个怪念头，他会心一笑，重新躺了下来。练习练习吧，以后卧床不起，还不都是这样进食？

于是他重新把易拉罐捡起来，仔细端详再三，然后，试探性地慢慢将其送到嘴边，猛地把凸轮形状的出口与薄薄的嘴唇相接，咕咚灌进一口，再屏住呼吸，用嘴唇挡住缺口，迅速拿开，这才咽下汁液。成功了！鲁博明高兴地颠了起来，他从内心体味到一种只有聪明人才会拥有的快慰。

易拉罐实验的成功，为鲁博明“吃饭”“喝茶”开创了好的开端。一而再，再而三，反反复复，不断巩固提高的结果，终于使鲁博明练就了一身过硬功夫。仰、卧进食、饮水易如反掌，那漂亮的吃法、喝法，那满脸的胜利者微笑，真叫人妒忌。

大约过了一个多月，伏天消了，天气转凉。妻子学习回来了，儿子也蹦跳着进了家门。鲁博明呢，却被人们送进了医院。据说他临上车前反反复复、欣喜若狂地只念叨着一句话：“我病啦，我终于住进医院啦！”

鲁博明患的不是胃癌，而是神经病。

颐和茶楼

无聊的公务员生活，让夏立正发现了一个有趣的去处。人生就此重新演绎：上帝给你关上了一道门，有可能给你打开了“东南西北”四道窗，你想从哪里进出都可以。

夏立正端着茶杯站在市府大楼10层的落地飘窗前，稀溜稀溜地喝着茶水，魂儿轻舞飞扬起来。一不留神儿，这鬼精灵飘过草绿花红的广场，堂而皇之的溜进了对面的颐和茶楼。

正是午后的上班时间，茶楼里坐满了男男女女的茶客，人们一堆堆、一群群地围绕着一个个年轻貌美的茶娘，一边欣赏着上下翻飞的茶艺，一边品尝着刚上架的乌龙绿茶，悠闲地扯着闲篇。魂儿钻过来，飘过去，茶楼里的人儿似曾相识，近身贴面一瞧，原来都是自己同朝为官的兄弟姐妹。

魂儿有些纳闷，飘到一隅思忖。这时就见貌美无比的老板娘阿艳飘然而至。魂儿认识阿艳，他们曾为同事，一起考入市府大楼，由于她天生丽质，却不亲近领导，所以尽管写得一手好材料，始终与官位无缘。于是，她只好放飞了自己，像夏立正的魂儿一样从楼里走出，越过草地，到了对面的茶楼。

阿艳今天没有与茶客们插科打诨，她悄悄地一个人走到了画有“梅兰竹菊”四君子的屏风后，独自拉开了架势，熟练地操作了一壶功夫茶。然后，用绢纸擦一擦额头上沁出的香汗，小酌一番。

屏风外的茶客们在交换着各自的信息，一个个面目或抑郁或愤怒或麻木，不时地唉声叹气和呐喊，换来阿艳会心的一笑。魂儿不解？

……

“夏立正，来任务啦。”

夏立正被科长叫去接了一个材料，在交接的一刹那，夏立正的脑子顿时一片空白，身子忽悠一下被掏空了。二十年来，夏立正把市政府的材料写了绕地球一圈，炉火纯青到想什么数字有什么数字，想什么经验出什么经验，一张大白纸，就像变戏法，写字、画画、盖房、造楼、跑车、赛马、创优、争先，无所不能。然而，今天的夏立正不高兴。因为他没看到阿艳在约定的时间里给他来电话或是在茶楼门口若有所思的张望。

科长姓吕，小个，大家偷着叫他小驴儿。小驴儿是一董事长的儿子，虽然只念过中专，却不知怎地一下子考上了公务员，而且进办公室不久就跟了市长，不到一年这小子就变成了超级骏马，堂而皇之地当上了夏立正的科长。夏立正有气，主任却说他不成熟，这么大岁数了还和年轻人争地位。夏立正不服，去找组织部部长要说法。部长说，你是市里的人才尖子，怎么能和领导一般见识？夏立正无语。看着眼前比儿子大不了几岁的科长，一下子又滚进了材料堆里。

文人自古以来就是天生的贱命。只要一句好话，他们可以站着死，可以把肉割下来给你吃。但是，谁要说他文章写得不好，哪怕是一句话，一个字，一个标点，他会跟你急。

熬了一夜心血，材料写完了，夏立正的心脏病却发作了。在救护车送往医院路过茶楼时，夏立正突然一个鲤鱼打挺儿坐了起来。停车！夏立正叫喊着，他的举动吓得医护人员直嘀咕，怎么了？

车停下了，夏立正说我不去医院，你们走吧。医生们无奈，只好眼巴巴地看着他离去。

夏立正走进了茶楼，阿艳早已恭候多时。夏立正说，我这病他们治不了，只有你能治。阿艳点头。夏立正说，有一件事，我至今不解。你在市府大楼对面开茶楼，不就是为了听大家发牢骚、解闷吗？怎么现在却无动于衷？

阿艳叫服务员给夏立正看了座位，斟上了刚泡好的一壶功夫茶，说：小茶壶里有乾坤，日子久了，我悟出了佛家的一句箴言曼妙无穷，这就是："生气，是拿别人的过错惩罚自己。"

从此，茶楼里多了一个高大的胖子，每天带着嘴来喝茶，带着耳朵来听事，带着心来学做人。

祈祷者

于是，屡战屡败，欧阳先生悟出了一副颇有心得的楹联：大屋子床有准睡着了每人一尺，小屋子感情近睁开眼你在方寸。横批，十分想念阿 Q。

欧阳先生的每天清晨是这样度过的：站在高楼的落地飘窗前，二目微闭，双手合十，虔诚祈祷。妻说，神经。欧阳先生苦笑不语。窗外是蓝天白云下的鳞次栉比的高楼和一片片被领导和开发商们在席间称作城市牛皮癣的穷人区。纵横交错的溜光大道上，跑着纵横交错的车，走着纵横交错的人，一辆辆三轮车既像一条条黄花鱼又像一条条泥鳅游走在纵横交错的缝隙之间。

苦啊，都说世上黄连苦，有谁知道欧阳先生的内心世界比黄连还要苦十分。一种为民情愿肝脑涂地，时时处处又怕到手的幸福挥之而去的心情纠结着他。因为，欧阳先生是一个有着正高职头衔的理论工作者，在小城那是一个上得席面的人物。然而，他不服的是，不足一百平方米的房子的肩头上，却扛着二百多平方米的跃层。欧阳先生气不过，他觉得他才是最有资格住好楼、坐好车、穿好衣、吃好饭的那个人。于是，路见不平一声吼，该出声时就出声。然而，大会小会转弯抹角的呼吁半天，常是气筒子打气——自产自销。于是，屡战屡败，欧阳先生悟出了一副颇有心得的楹联：大屋子床有准睡着了每人一尺，小屋子感情近睁开眼你在方寸。横批，十分想念阿 Q。最近有一件事，让欧阳先生有点烦。去年，住在楼上的那位领导担负了更重要的工作，于是乎，前来拜访的人总是不断。然而简单的事情却搞得复杂了。由于领导家的春联每年都由欧阳大笔一挥完成，所以两家的对联一个笔体，敲错门里外都尴尬那是常有的事。烦，这滋味不好受。于是，他打印了一个纸条贴在防盗门上：欧阳府邸，非诚勿扰。这样一来，小城私下里冒出了一句顺口溜：找某某别发愁，见了欧阳府邸往上走。

无奈。对于这种无名的肝火，欧阳先生在尝试了多种排解郁闷的方法后，心里总是耿耿于怀。他真害怕这种情绪蔓延下去，他会像某同僚一样抑郁地从高楼上来个自由物体垂落。于是，翻看了天下解忧之书，上网查了精神病大全一溜三遭，照样没结果。忽然有一天小城下了一场久违的小雨。欧阳先生站在窗前往街面上一看，乱糟糟的车水马龙不见了，拥挤的道路变得宽阔起来。尤其是一夜风雨过后，小城居然伴着明媚的晨曦见到了久违的彩虹。高楼、平民区，汽车、三轮车，如同水洗了一般，那么可人。公园、绿地，所有裸露的土地上覆盖了一层花花草草，那么可心。

看着看着，欧阳先生茅塞顿开。他感到了从未有过的欣慰。他觉着雨水真不错，这是上天给大地的礼物，他把万物涤荡得干干净净。欧阳先生是个心思缜密的男人。他思忖着，以后要是天天下雨该有多好啊！久而久之，日久生情，一种挥之不去的责任感油然而生，祈祷下雨就成了他日常的一项重要工作。

今天是雨水的节气，欧阳先生清晨起来洗漱完毕就站到了窗前，随着意念的指令发出，阳光明媚的天空忽然乌云密布，狂风大作，暴风骤雨终于光临小城，而且一发不可收。瞬间，大街小巷在一阵喧嚣、忙乱过后，变得狼狈不堪、惨不忍睹。雨水引发了山洪，洪水淹没了城市的街道。刹那间，平民区不见了，一辆辆三轮车时隐时现地出现在白茫茫的水中。

嘿呀呀！面对眼前景象，欧阳先生不知所措，一口鲜血咽进了肚里。

天堂梦

当个人的能力无法改变现状时，那么他只有靠幻想解决自己的问题。有时，自欺欺人的阿Q精神，也不失为一种很好的解脱。

一觉醒来，任重生的灵魂回到了躯体之上。他伸出想象中的手，揉一揉闭合的眼睛，然后慢慢睁开，突然，心有不甘地发出了穿云破雾地呐喊：为什么受伤害的总是我？

任重生的记忆复活了。他清楚地记起，那天他开着一辆花两万元买来的二手面包车到邻县去送货。那是他第一次揽到这么好的生意，第一次出远门，他很兴奋。一路上，艳阳高照，微风送爽，面包车犹如飞翔在空中的鸟儿，飘呀飘地穿越他四十年人生的快乐云层，飞向遥远的天边。

也许是古人说的对，乐极生悲。飞翔的鸟儿，没多久就遭遇了在空中盘旋的老鹰。面包车在宽宽的国道上撞上超级“路虎”，结果可以预料。面包车瘪了，任重生没了。人家路虎只受些皮外伤，开车的小姑娘却安然无恙地坐在驾驶室里，小嘴一张一合，还是不依不饶。

人命关天。任重生的家人哭过之后，忽然想起要个说法。于是，揪住开宝马的小姑娘香软的胳膊，对前来处理事故的交警说：“经官吧。”

对簿公堂。任重生的家人陈述了亲人在家庭中的顶梁柱地位和生活的艰辛。小姑娘丝毫不动恻隐之心，她说，本来我想给你十万元、八万元的怜悯钱，你们却把我拉进法院，这样啊，咱就公事公办。

法庭上，出示了现场勘验报告，责任全部在任重生一方，因为他把车开到了人家的车道上。

输了官司，赔了诉讼费，还要赔付人家宝马的修车费，任重生的家人蒙了。

人财两空。任重生的家人感到憋屈，于是就带了许多的烧纸到他的坟上，诉说冤情。人走了，肉体没了，可灵魂却无时无刻不在家人心里飘荡。

家人把委屈一遍遍倾诉给了任重生。这一天，任重生突然在天堂里醒来了。眼望着白茫茫的世界，任重生苦思冥想：对方为什么是一辆宝马？他要是一辆面包,或是一辆廉价的轿车，或是一辆比我的车还稀松二五眼的车该多好，那样的话，速度不会这样快，车况也不会有这样好，我们半斤八两，说不定谁活谁死呢？

任重生想不通。他觉得这个世界不公平。有钱人都攥着刀把子，穷人就是被任意宰割的羔羊。于是他在天堂里给联合国写了一份上诉书。

尊敬的主席阁下：

我以灵魂的身份，诉说人间的不公。富人可以有钱，但不可以剥夺穷人的生存权利。建议，所有车辆安全系数设计一律平等，有钱人可以给车披金挂银，但不能在性能上一分高下。

信发出了，却如同石沉大海。寂寞、愤怒之中，任重生突发奇想，他要在天堂里造一辆加强车发回人间，以此为穷人挣得平等的权利。

于是，天堂里整天叮叮当当再无宁静之日。

带着踌躇满志的梦想，任重生穿越到了“二战”的北非战场，寻找到了沙漠之狐缴获并丢弃的坦克，把玩一番后觉得这玩意锈迹斑斑过于笨重。于是，他飞到了伊拉克战场，把一辆抛锚在那里的美制步兵装甲车带回了工作室。

一番精心设计，一番昼夜鏖战，终于生产出一辆外观酷似中型面包的装甲汽车。任重生在天堂里实现了他的梦想。在一阵狂喜中，他驾驶着自己改装的汽车行驶在回家的路上。

空旷的国道静悄悄地空无一人，整条马路就像是为他这辆车修建的，好不得意，好不快活。任重生双手紧握方向盘，就觉得这玩意就像重机枪的手柄，一不留神，一颗子弹就飞了出去。让子弹飞一会吧！当当当，对面的山坡上被机枪打出一行字：走别人的路，让别人无路可走。

怪　眼

方文明说着低头看一看重重叠叠的高架桥，从那偌大的钢筋骨架里，他突然发现了一个又一个沙漏和空洞，他惊叫一声快走！这就拉住妻的手狂奔而下。

大智若愚的办公室主任方文明突然害了一场眼病。一对大而好看的贵妇人眼，先是红肿的如五月桃花灿烂无比，接着像秋后的棉桃青紫溜光，最后变成了两只硕大的熊猫眼。

妻张罗着为方文明四处求医。这天，在市权威医院进行了专家会诊。经过一番论证，主任医生说这是一种罕见的“外星人病”。方文明夫妻不解。医生说，又不碍吃碍喝，回去吧。

方文明在妻子的陪同下悻悻地走在大马路上，把个“外星人病”咀嚼半天，忽然心里一热，血往上涌，只觉得两眼金星乱冒。待金蛇狂舞了好一阵儿，他定睛一看，这世界就变了个样儿。原本高架公路大桥下的又脏又乱的居民区那一堆破烂似的青砖瓦舍，陡然间变成了一片伤痕累累的树林，任凭风吹雨打，我自岿然不动。方文明把个脑袋像拨浪鼓似地摇个不停。妻问怎么了？

方文明说，没事。

爬上山顶寺的人

宽敞的大马路上人来车往。方文明携妻来到高架桥上，待他向四周一展望，呀！一串串进口或国产的小轿车居然一会儿像彩带一样当空飞舞，一会儿又像一条又一条毛毛虫在蠕动。方文明的脑袋“嗡”一下炸了，他担心自己的思维出了毛病。下意识地问妻子我是方文明对吧？妻说对呀。我今年四十岁？妻睁大一双眼睛大惑不解，半晌这才冒出一句你真有病。

我有病？我就是有病。方文明说着低头看一看重重叠叠的高架桥，从那偌大的钢筋骨架里，他突然发现了一个又一个沙漏和空洞，他惊叫一声快走！这就拉住妻的手狂奔而下。

到家了。妻一边脱去外罩，一边气喘吁吁地问：你今天怎么了？方文明坐在沙发上说我也不知道。说这话时他不经意地看了一眼妻，我的妈！妻居然赤条条地站在客厅里。

方文明病了，他说他一睁眼就头疼。妻问为什么？他不语。妻一再追问，他说他成了太空人或者说成了特异功能人。妻说何以见得？他说他不仅能让思维透过现象看到本质，而且两眼具有很强的穿透能力，譬如看你就像一丝不挂。妻说你胡说，我不信。方文明说不信你可以试试。妻转身去了厕所，而后走出来问，你看我有什么变化？方文明定睛一看说，你来例假了，换上了卫生巾。妻说这不算数，你掐算也能掐算出来。说着她抿嘴一笑，你看隔壁桥梁厂的温厂长在干什么？方文明扭头一看，不禁大惊失色，平素他认为一本正经的温厂长，正在和一个女人暧昧。妻说你简直是胡扯！温厂长不是那号人。方文明说不信你去看。妻说去就去。可刚走了两步就打住了。她说要真是不就麻烦了。方文明说你先打个电话，说去借个什么东西，人家有了准备，不就结了。妻说也是，这就照办了。

不一会儿，妻从外面回来，她睁大两眼像看怪物一样看着方文明。方文明问你怎么啦？妻愣怔一会儿，“哇”一声哭了起来。方文明说别哭了，我以后只要漫不经心地看事就会好的。妻半信半疑地说是吗？

方文明自从得了这种怪病，闹得他自己也五脊六兽好难受。他本是一个忠厚的老实人，现如今这双孙猴眼搅得他肉身子不安。看到的东西不说吧，心里难受。说吧，人家谁相信，末了，还闹你个发神经。想来想去，他说就不该长这病，也不该睁这双眼。可转念一想，病不是咱自找的，不睁眼又怎么看事？一阵阵惶恐过后，他说有了。这就上街买了一副高级变色镜戴上。

百年遨游

有一个问题值得思考，这就是人工智能人还有没有必要无节制地研发下去？机器人改变了人类生活，但是我们是否会想到，他会主宰人类的未来。

乔治在出生的第一时间，拉着年轻漂亮的睿智博士的手说，亲爱的，我不知道是否该感谢你，还是憎恨你？是你的科研成果把我带到了地球，并让我长生不老。然而你想过没有，我的存在，是否对外星人公平？是否对死去的和未出生的地球人公平？假如地球人能够长生不老，那么活着还有什么意义？

在场的人听了这话，无不感到震惊。人们目瞪口呆地看着这个一丝不挂的小人儿，一翻身站起来，拿块毛巾擦一擦身上的羊水，拎起把剪刀铰断脐肠，伸手拿过衣服穿上，然后，在惊慌失措、满头大汗的母亲美娲的额头吻了一下跳下床。众人愕然，眼珠子差点掉在地上。乔治说，收起你们无知的目光，再见了亲爱的母亲，还有睿智博士阿姨，我要到我应该去的地方工作了。

在莫名的惊悚中，人们的魂儿梦游般跟随这个小人儿走了。

回来，我的儿。美娲躺在床上胡乱地叫着，一双无辜的眼睛紧看着呆若木鸡的睿智博士。怎么会这样？睿智博士说，我怎么会知道，你的儿子是不是你和外星人的产物？美娲感到羞辱，质问睿智博士为何这样发问？睿智博士反问道，他的父本是否用错了精液？这一问着实让美娲惊出一身冷汗。

美娲是一位独身主义者，她把一生贡献给了人类科学研究事业，所以洁身自好，也就从未遇到过心仪之人。但是就在生命的金秋过后，她忽然想要一个儿子，完成做母亲的心愿。于是，她找到了从事人类基因研究的闺蜜睿智博士，想要一个十全十美的儿子。通过反复斟酌、周密筛选、严格配型，生产了乔治这个超级新生儿。

乔治行走在空中，来到了设在摩天大厦顶台的星球联谊总裁办公室，一架FUN造型的起飞器十分人性化的恭候在那里。乔治每天从这里往返星球之间。于是，地球上出现了许多稀奇古怪的东西。譬如：直立行走的狗，会说人话的牛，飞翔的兔子，会游泳的驴，等等。

乔治行踪诡秘，头脑异常冷峻睿智，他似乎具有人类所有的智慧，形象却始终如一。于是，这一爆炸新闻引来了无数记者全天候的追访,但是却一个个在乔治的机智斡旋下败兴而归。

儿子的到来，使得原本喧嚣的都市更加繁华、热闹得一塌糊涂。一向喜欢清心寡欲的美娲，顷刻间成为公众人物。疯狂的记者们难以割舍到手的新闻，他们租用了大批的飞艇、房车，把美娲的住处围了个水泄不通。无可奈何的美娲在忍无可忍之时，不得不恳求睿智博士，让她再次帮忙找回儿子接受采访，还她一个清净世界。对于美娲的要求，睿智博士感到无奈。思索再三，找来同行进行深度研究，设计出一款关闭潘多拉魔盒的金指令。然而，乔治不是魔鬼，魔盒对他毫无作用。

怎么办？人类第一次开始感到了危机，科学研究还要不要持续下去？到什么年月是一站？极度空间，极度探索，极度裂变，我们想要终极的目标究竟是什么？

某年某月的一天，宇宙间下了一场涤荡心灵的精神禅雨，地球的每个角落都在聆听着一个声音：地球人，不要在无节制地研究下去了，两千多年前的中国孔圣人曾明示，不要效仿吞吃太阳的怪兽“犭贪”，那是对人类的忠告。你们的贪婪，终究会毁灭自己。回归自然吧，那里才是梦想开花的地方。

美娲和睿智博士面面相觑，心领神会。睿智博士决定：与乔治谈判，收回这些年的基因研究成果。

摩天大楼的顶台到了，乔治已恭候多时，他热情地亲吻了母亲美娲和睿智博士，无限感慨地说，星球的主宰者让我提醒你们，如果一个国家有成百上千的人知道自己具有总统或是恺撒、希特勒的基因，那么这个世界还会安宁吗？相安无事吧，不要再节外生枝。从现在起，我既不是外星人，也不是地球人，我是一个宇宙人。我要遨游太空，游说有生命的星球，放弃一切无聊的有悖宇宙思想道德伦理的研究，好好地完善自身生存的现实空间。

乔治说完，打开随身带来的乾坤魔盒，说声请，那些外来物种飞进了里面。再见了妈妈！再见了睿智博士！我要去遨游宇宙，百年之后再见。

第三辑　亲情友情

人不可能像孙猴子一样，从石头缝里蹦出来。对一个普通人而言，人生在世最离不开的就是亲情＋友情。对一个伟人来说，同样如此。人如果脱离了这个公式，那你不是外星人，也是索然无趣的人。

澡堂里的我和父亲

我们每个人都有父亲。父亲，像一座大山在我们的无数次地攀登、挖掘后变成了平原、洼地。父亲老了。我们如何用简单的付出，抚平父亲晚年的缺憾，这是儿女们应思考的问题。

我搀扶着父亲走进了暖烘烘的澡堂，坐在更衣室的木凳上，脱去厚厚的棉衣。父亲木讷地说，我自己来吧。我没说话，只是帮他脱完棉袄、衬衣，再去脱他的棉裤。父亲知道我今天陪他来洗澡，所以换穿了一件带有小碎花的崭新的大裤衩。清新的棉布味儿抵充了老棉套子和体液的味道。

我和父亲面对面地站在了一起，两个身高一米八多的大胖子很快吸引了他人的目光。

我伸出粗壮的胳膊，挽着父亲瘫软的腰，慢慢挪向浴池。

地上有些湿滑。从更衣间到热气腾腾的池水，有十几米的距离，我们走了两分多钟。我们是用细小的碎步，亦步亦趋挪到那里的。我把父亲放在池沿上坐下，然后我骑在池沿上，双手搂住父亲的腰，吃住劲慢慢发力，把足足有二百斤的父亲举重若轻地放在池水里。

我和父亲紧紧地挨在一起坐下，一只手时刻不敢离开他的躯体左右。

清澈的池水，被父亲轻轻撩起，水花溅到了他花白的络腮胡子茬的脸上，我用手去擦。父亲没有动，像个听话的孩子，任由我抚摸他的脸，还有亮晶晶的一根头发也没有的谢顶。快四十年了，半个世纪要过去了，我才第二次这样近距离的与父亲在一起。能够唤起记忆的第一次，是童年的美好时光。那一年我六岁，威严的父亲带我去县里唯一的澡堂子洗澡。我骑在父亲的肩上，一边走，一边摩挲父亲的谢顶，遇上熟人问我在干什么？我说，在掏小家雀。因为父亲的头皮暖暖的柔柔的，就像刚出生的小家雀的肚子，好玩极了。

池水在父亲的搅拌中荡漾起来，我看到了他久违的笑脸。他厚厚的嘴唇在抖动，突然，一连说了好几个真痛快！我感到惊愕。因为父亲自从脑栓塞拴住了左臂右腿还有舌头，尽管不属于危重病人，但走路说话，已不能连贯和连句。看着兴奋的父亲，我感到了做儿子的羞愧。倘若早一些来浴室，我们父子岂不是早一些回到正常的交流之中。

时间不早了。我把父亲抱出了浴池，耳旁听到的是他呼呼地喘气声。为了这次洗浴，父亲下了很大的决心，我也足足动员了几个晚上。八十岁的人了，已是面了把儿的瓜果，随时都有离秧的危险。

刚刚开张的浴池里，人不是很多。服务员走过来让我们坐在藤椅上歇息，并端来一壶菊花茶。我给父亲斟满，让他喝下爽爽身。父亲边喝茶，边笑眯眯地看着我，一声不吭。我知道父亲的脾气，他注视你不说话，这便是最大的肯定与奖赏。他一旦说话，那就是教训你。不过父亲从来不讲歪理，而且他总是那么有理，因为父亲做事尽善尽美，就连切一个土豆丝，他总是要把皮刮掉，然后切成能照见人的薄片，再切成可穿过纳鞋底的大号针鼻的细丝。父亲的手艺是和他的大哥学的。

电视屏幕上在播放北京奥运主题馆鸟巢落成的消息。父亲说，你什么时候也去北京看一看？我说抽时间吧。父亲说，趁着年轻还行，腿脚没毛病，要到处走一走，别像我。

我何尝不想去北京看一看，但总是找不到一个合适的理由。服务员又来添茶续水了，问还需要哪些服务。我懂他的意思。这就请他安排师傅给父亲搓澡。父亲说不用了吧，我在家擦洗过了。父亲一句话，差点让我的眼泪掉出来。他为了这次简单的洗浴，竟做了这么复杂的准备？

我搀扶着父亲趴在搓澡床上，告诉师傅要轻些。父亲说，不用，只管使劲。

父亲在师傅搓后背时睡着了。我让师傅就这样慢慢地一直搓下去。几分钟后，父亲醒了。我问他，刚才是不是做梦了，嘴里一个劲地念叨什么？父亲笑了，他说：“我梦见你的爷爷和奶奶了。”父亲说着，抹一把口水，“人离老越近，越会想念逝去的亲人。”

呵，五马山

狂风挟着雨点摔向她们母子，母亲侧一侧身，用结实的后背迎接着挑战。一次又一次，狂风在她背上拧起一个又一个旋涡，暴雨在她身上溅起一朵又一朵水花，她却纹丝不动。

五黄六月，我像蜗牛一样爬行在弯弯的山道上，心仿佛燃烧起来。回眸脚下幽深的山谷，两腿不住地打颤；仰望头顶的山巅，顿觉头晕目眩。天，太热了……

赞皇，地处太行山脉东端，是一个半山区小县。我是由北京调防来这里的。说句实在话，动身的那一天，我便想到了背起背包回家转。为什么？明摆着，如今当兵的光彩，早让金钱发出的耀眼光亮盖住了，天知道媳妇和儿子在家里是怎么过的。一想到这些，我这心里就不是滋味。星期天没事，干什么？爬山去。

不知过了多久，山顶积起厚厚的乌云，山谷飘来阵阵凉风。我直一直累成两截的腰，用手抻一抻贴在皮肉上的军装，让风儿在胸前打个旋儿，顺着鼓胀的衣袖而去。突然，“嘎啦啦”眼前一个闪电，头顶一个炸雷，不好，下雨了。说时迟，那时快，雷响两遍，铜钱般大小的雨点便没头没脑地砸了下来。躲？上哪躲，荒郊野岭的。我正在犹豫，忽然，“哇”的一声撕肝裂胆的婴儿啼哭声传来，我本能地转过身，只见山腰的断崖下站着一位三十多岁的大嫂，她用手挡一挡风雨，然后麻利地撩起小布褂，将乳头塞进孩子的小嘴里。狂风挟着雨点摔向她们母子，母亲侧一侧身，用结实的后背迎接着挑战。一次又一次，狂风在她背上拧起一个又一个旋涡，暴雨在她身上溅起一朵又一朵水花，她却纹丝不动……风无可奈何地去了，雨水顺着她的裤腿淌在地上，汇一汪清水，汩汩流下山去。

母亲，伟大的母亲，如同遥远的天边传来的轰隆隆的沉雷炸响，震撼着我的心。

风雨中我认识了粗眉大眼的大嫂。初次见面，没有半点儿矜持，完全不是你想象中的山里人。

“你是新来的吧？”

“你怎么知道？”

“驻这里的老兵我差不多都熟，”她得意地笑笑，接着问，“知道这山吗？”

“五马山呀。”

“来历呢？”

“……”我摇摇头。

“五马山，不知道五马山的来历算白来了。”说完，她咯咯地笑了。

说话间，雨停了，风住了，我们一起上了路。就在离我们不远的地方，在一团雾气缭绕中，几匹昂首嘶鸣跃跃欲试的石马依稀可见。“那就是五马山的来历。听老辈人说，当年岳飞元帅率领结拜兄弟在这里大胜金兀术，后来岳元帅被奸贼秦桧害死，乡亲们就雕刻了这五匹石马镇守在山上，留下对他的思念。”

宋史我没读过，可评书《岳飞传》我听过，搜肠刮肚怎么也想不起刘兰芳讲过一个什么五马山。不过，看大嫂那认真的样子，我信了。

要与大嫂分手了。此时我才想起问一问孩子的爸爸，不料这顺嘴一问，竟使我心里翻腾了半天。“我是孩子的邻居，他爸在老山，他妈生病了，我帮她去请医生。”大嫂说完下山去了。我呆呆地站在五马山上，远远地望着她那湿漉漉的后背，不禁感慨万千，陡然想起了鲁迅先生说过的“民族脊梁”……

雨后初晴，太阳透过轻风薄雾给五马山披上一层银光灿烂的铠甲，一道水灵灵的彩虹凌空而起。

呵，五马山，一座平常而又不平常的山。你使我骄傲，令我羞愧……

荷叶嫂娘

家里有了女人操心，日子就有了奔头。爹说，本来是杀一儆百，结果让人家来了个周瑜打黄盖反夺权、反教育。荷叶说，虽说苦肉计苦了点，但换来了家庭和美、吃喝不愁，值得。

堤坡上的老母鸡领着鸡雏在啄食，我赤条条地躺在荷叶大嫂的怀里可劲地吃奶水。大嫂的奶水不仅甜，还有一点儿淡淡的香。

堤坡下是一道长满芦苇的壕沟，穿过壕沟是一望无际的白洋淀水。我吃饱了喝足了睡着了，梦见大哥二哥三哥四哥五哥六哥还有我，从鸡窝似的两间破坯屋里被爹掏出，七扭八歪地站成一排。爹黑虎着眼、手握荆条在我们兄弟面前巡视一番，突然对大哥连笑三声。顿时，大哥像电线杆子一样杵在哪里，任凭荆条子在身上缠来绕去。爹说，今天打你，是为了让你长记性。我说了，谁找了媳妇谁滚蛋！家里养得了公马，装不下母驴。

爹是从枪林弹雨中挂花回来的老荣军，在村里什么也不是，但又什么都是。他不仅识文断字，而且酒量好，一斤白酒下肚，村里的高音大喇叭就归了他。“社员同志们，我是李老歪，荷叶是我儿媳妇，今天我要说什么呢？鸠占鹊巢，对，就是这个事。你荷叶既然嫁给了我们老大，赶这个集，就得服这杆秤，你死乞白赖地赖在家里不走，是什么道理！”爹原本是个儒雅之人，可自从三哥四哥五哥六哥，尤其是我从改革开放的1979年出世累死娘后，他的脾气开始慢慢变得古怪了。于是，爹把抚恤金都换成烈酒，每次喝高了就给我们点名。荷叶是我家的邻居，那年在城里生下的儿子不幸夭折，丈夫与她离了婚，她又回到了白洋淀。不幸的她却成就了和我大哥多年隔墙相望的姻缘，襁褓中嗷嗷待哺的我找到了娘。

荆条还在上下翻飞，荷叶突然站在了爹和大哥中间。爹说你算哪根葱，敢在这儿驶横船？荷叶说，满世界找不到这你这样的爹，天天放着河水，就是不会洗船。大哥说，滚开，这没你的事，我让爹打个够。荷叶说，我是大嫂，长嫂如母，你懂不懂？

爹看看大哥，再看看荷叶，突然又笑了三声，把荆条交到了大哥手里，说，你要是爹的种，现在就收拾她服帖喽。大哥没有半点迟疑，拿起荆条就往荷叶身上抽。一下，两下，半个时辰过去了，大哥打累了，荷叶的全身青一块紫一块。

“打够了没？”荷叶咬紧牙关问。大哥气喘吁吁地说“打够了”。荷叶又问爹，“你还打不打？”爹看着英勇就义一般的荷叶，没吱声。荷叶停止了质问，突然扒光了上衣，露出伤痕累累的后背，放声哭嚎起来。须臾，我睁着懵懂的双眼，看着六个兄弟低头哭天抹泪。爹呢，一旁抽着烟，铁青着脸一言不发。荷叶忽然停止了哭泣，高声大嗓儿数落起大哥，还有爹。我嫁到你们李家，是可怜你们一家老小，就你们这破屋子，站着直不起腰，穿裤子还得坐在炕沿上，谁稀罕？你问我图什么？我就图你是个老革命，你不能把日子过成这样寒碜！

荷叶说着重新劈下一束荆条，问爹还打不打？爹看着荷叶，心一横没吱声。荷叶问大哥，你呢？大哥说，不打了。以后呢？以后谁打你谁是儿。荷叶说，你们八个带把儿的男人全听见了？好吧，今天我要立个规矩，老大，你转过身去，把裤子脱下来。荷叶不由分说，她像一头愤怒的母老虎，上去就把大哥的裤子扒下，不由分说，举起荆条子就打。荷叶疯了，瘦小的身子瞬间爆发出巨大的能量，不一会儿，大哥的屁股就开了花。“别打了。”爹终于说话了。从此荷叶在李家取代了爹的位置。

家里有了女人操心，日子就有了奔头。爹说，本来是杀一儆百，结果让人家来了个周瑜打黄盖反夺权、反教育。荷叶说，虽说苦肉计苦了点，但换来了家庭和美、吃喝不愁，值得。从此以后，大哥在淀边开起了工厂，二哥买了船下淀逮鱼；三哥到北京读书工作；四哥戴上大红花去当兵；五哥、六哥到荷花淀镇做生意，我上完了小学、初中、高中、读大学。

村里的大喇叭又响了。社员同志们注意啦，我是李老歪，荷叶是我儿媳妇，今天，我在这里发布一个重要消息：我家要盖大砖房了。爹高兴了也常喝多，一喝多了就去寻找村里的大喇叭。哈哈哈，哈哈哈。爹，咋又笑了？我一下子从梦中醒来，睁眼一看，媳妇坐在我身边，愣怔着眼问我这一宿叫唤什么？我说，我梦见大嫂和爹了。媳妇说，清明节快到了，买些供果、纸钱给大嫂和爹，还有娘上上坟吧。

父亲的希望

父爱如山，我能体会到。但是，作为儿女，有几个能体会到父亲的难处。不要等到子欲养而亲不待，尽孝一定要趁早。

母亲去世后，父亲很伤心。接下来的日子，他常常一个人独处一隅发呆。我们劝他，没有效果。时间长了，我们发现父亲的话越来越少，脾气越来越大。父亲在我三十岁以前的记忆中，虽然性格简单、粗暴，但却是个事业心和家庭责任感很重的人。我在家按兄弟排行最小，屁股上却没少留下父亲五指的烙印。父亲出生在一九二四年的一个寒苦农民家里，“土改”时入党并担任了贫协主席,从此跟着党直干到一九八四年离休。父亲从小吃了不少苦头，人还没出生时，爷爷就过世了。父亲一生为人正直，为这没少与上上下下的人吹胡子瞪眼，但事情一过，人们又都能接受他，因为他从来只为公，不为私。

父母亲在一起生活了三十多年，母亲的离去，使得他一天到晚没着没落。为了消除父亲的寂寞，我们兄妹轮流到家中嘘寒问暖，但事倍功半。父亲的孤独，牵挂在我们心上。父亲晚年的幸福与长寿，是对九泉之下的母亲最大的安慰。于是，我们主动提出给父亲找个老伴。

父亲答应了。

继母来自农村，丈夫去世多年。初到我家，她和我们同样都有很多的不适应。倒是父亲一夜之间改变了许多，紧绷的脸上有了笑模样，说话也变得有了商量的余地。接下来的这些年，多亏父亲在我们和继母之间穿针引线，才使得我们这样一个新老组合的家庭慢慢磨合的唇齿相依，和和睦睦。

然而，岁月无情，人生易老。一九九〇年初夏的一天清晨，父亲忽然感到腿脚不听了使唤。继母从邻居家打电话告诉了我们。好在家离医院不远，我们轮流背着二百斤重的父亲做完了各种检测，父亲患了脑血栓病。

经过一个多月的抢救治疗，父亲出院了，可他的一只手和一条腿却失灵了。好长一段时间，父亲的起居要靠别人帮助。幸亏继母的到来，才使得我们得以安心工作。医生说，患有严重脑栓塞的病人是不能生气或激动的。我们把这话转达给父亲，父亲点了头。从此，他真的完完全全地改变了过去的暴脾气。即使晚辈们做错了事情，他也只是一笑了之。大不了，与我和哥哥念叨一番罢了。我对父亲的变化，感到非常地不理解。我曾不止一次地问他为什么？问到最后，也只有两个字："知足"。

知足者常乐，知足者长寿。父亲就是依靠着这种胸怀，活一天，享受一天，很快就把个病身子养得一切自理了。父亲的身体好了，全家都为他高兴。父亲更是乐不可支，他在家养了两只猫，而且栽培了许多花草。父亲歇在企业，每月工资不多。但即使这样，他每次做了好饭菜，总要打电话给我。每接一次电话，心生一次感动，想想年迈之人拄杖蹒跚步履去邻居家打电话的情形，我想，我早该去邮局给父亲安装电话了。

电话给父亲带来了许多方便，从他那笑眯眯的脸上，我读得懂父亲内心的喜悦。每一次通话，我们相互都会感受到亲情带来的那种特有的难以割舍的温馨与幸福。见物思人，人老重情。常回家看看，尽量不要空手而归。东西不在多少，即使是一斤糖果，几块蛋糕，即使他摆在桌上不吃，却能够填补老人思儿念女的一颗悬空的心。

一九九七年前后，父亲接连发生了两次意外，他先是摔裂了踝骨，后因剧烈哮喘，大脑缺氧，一头栽到了地上……接连的病痛，使得父亲情绪一落千丈，整天郁郁不乐。我们兄妹看在眼里，急在心上。为了让父亲重新扬起生命的风帆，点燃生存的希望，经过合计，在二哥组织下，家家出资、帮助父亲整修大房，翻盖配房。

整修后的家园焕然一新，父亲垮下来的身体奇迹般康复了。每当谈及此事，尽管父亲在我们面前总是说："我这么大岁数了，花这个冤枉钱干什么？"但在外人面前，他就像一位虔诚的布道者："全说儿孙自有儿孙福，我这当老人的，才真有福。"

高堂健康长寿，是天下儿孙之福。这是五千年文明留给我们的传统观念，也是人类最崇高的道德境界。一晃又过去了六年，现如今，父亲已经八十一岁高龄了，尽管近年来他一方面要同各种疾病做着顽强的斗争，一方面还要挂牵着重病中的女儿，但他毕竟熬过来了。他说："儿女们一个比一个孝顺，我怎么能舍得走呢。"父亲笑了，他笑得真实、开心、可爱。

1954 年的母亲

希望读者不要把这篇作品当小说读，希望从字里行间看到一个老司法工作者的精神和态度。人民的安宁，正是这些血肉之躯舍己为人换来的。

我的脑海里不断再现着那张泛黄的竖二寸的老照片，那是1954 年的初夏，母亲在中央政法干校东北分校（沈阳皇姑屯）毕业时的存照。母亲那时很年轻，她身穿一件白底蓝花的旗袍，脚穿一双半高跟的黑色系带布鞋，齐耳的短发，微笑的面庞，一对炯炯有神的大眼，透着睿智。这是我见到过的母亲最美的照片。因为，在我的记忆里，母亲那张和蔼可亲的脸总是那么严肃，她的穿戴迄今留在我心中的依然是——夏天一件半袖白色汗衫，冬天永远是那件黑色的夹克棉袄。

母亲曾经担任任丘县人民法院主管业务的副院长。1953 年的春天，她放下襁褓中的二哥，义无反顾地远赴沈阳学习，这一去就是一年多，直到毕业才回到任丘。

1954 年的任丘百废待兴，重大刑事案件连续不断地出现。深秋的一天夜里，天上飘落着细雨，一阵急促的电话铃声打破了宁静的夜空。东乡公安员来电话，大洼里发现了一具刚被杀的无名尸。母亲正在值夜班，接到电话，只说了八个字：保护现场，马上就到。随后，带上枪械，叫上法警，骑上自行车直奔现场。

从县城到报案现场大约二十多华里。雨天、黑夜、土路、泥泞，一路上的辛苦可想而知。母亲顾不了许多，她把那辆骑了一辈子的天津二厂自行车蹬得旋转如飞，让年轻的法警小伙儿都有些吃不消。不到一个时辰，母亲和法警赶到了现场。他们与等候在那里的公安员一起进行了紧张的现场勘验。勘验完毕，已是凌晨三点，公安员请他们到乡里歇一会儿，天亮再回城。母亲没答应。她说，多耽误一会儿，凶手就多一刻钟逍遥法外。我们是人民的法院，我们就应该无时无刻对人民负责。

雨一直在下着，大路小道全是明水暗道紫河泥，加之让牛车、马车碾出的一道道车辙，黢黑的夜里到处就像布满了陷阱。刚穿过一片玉米地，母亲的自行车就嵌进了又硬又深的车辙，由于速度太快，母亲来不及多想，重重地从自行车上摔了下来。霎时，一阵剧烈的疼痛从母亲的小腹传遍全身，顿时血水湿透了衣裤。年轻的法警从后面赶上来，用手电筒照着坐在地上的母亲，问，伤到了那里？母亲笑一笑说没什么。说完，一咬牙站起来，骑上自行车就走。

风雨中，母亲的自行车显然没有来时那么快，也没有那么稳。这一举动，不时招来法警的问候。因为年轻的法警不知道母亲发生了什么状况。想想那时，母亲的脸一定惨白得吓人。

母亲忍受着巨大的苦痛回到了法院，脱下满身泥水的衣裤，洗一把脸，强忍疼痛坐在了桌前。雄鸡报晓，天将放亮。法警在劝母亲回家休息无果的情况下，叫来了父亲，这时母亲的勘验报告已经书写完毕。

母亲流产了，她已有了三个多月的身孕。母亲只在家中喝了三天红糖水，吃了十几个鸡蛋，就回到了工作岗位上。案件很快得到了侦破，罪犯被抓捕归案。

事情过去五十多年了，母亲早已作古。每当我看见这张老照片时，就像看到了母亲的坚强和忙碌的身影。时代不同了，但精神都一样。几十年来，从父亲嘴里得知的这段刻骨铭心的记忆，永远激励着我工作、生活。1954，老照片，自行车，秋雨，黑夜，构成我生命中最重要的关键词。

椿树芽

改革开放初期，经商是人们特别忌讳的一件事。觉醒，往往从一件小事开始，思维意识将由此改变。

表姨家不富裕，空荡荡的大杂院里，矗立着三间里生外熟的青砖房。一条土炕，睡着大小五口两代人。倒是房前那棵香椿树，长得挺挺拔拔，为小院增添了几分光彩。

这香椿树已有十几年树龄，一房多高。每当春天到来的时候，它那粗粗壮壮的小枝杈上，便长出一撮撮嫩嫩的椿芽，既可入药，又可做菜。每每此时，表姨便从早到晚张罗着只比我大一个月的表哥爬上爬下，把椿芽采撷下来，然后分送给左邻右舍、亲朋好友。

我家当然也不例外，年年表姨都要带一篮子椿芽进城给我们。爸妈常用它来炒鸡蛋、烙馅饼给我们吃。可怎么吃也吃不完，最后只好扔掉。因为表姨给得太多了。

这是十多年前的事了。

20 世纪 80 年代初，我们搬了家，与表姨家的来往少了。近两年听说表姨家发财了，我总想找个机会回去看看。今年春天，表哥出差路过我家，说是表姨人老了事就多，天天念叨我们。我动心了，当机立断，坐着表哥的摩托车去看表姨。

一走进表姨家那高高的门楼，心便激动起来。当年的大杂院，变成了四合院，正房配房的前脸清一色水刷石。再看那棵香椿树，依然雄风不减当年，枝头长满椿芽。表姨呢，人胖了，发福了。

小住两日，临走那天正赶上大集，一大早表姨就喊着表弟上了树，不大会工夫，落了满地椿芽。我一见，心里直犯怵，便偷偷将来时装水果的提包藏起来。然而，担心是多余的。表姨只用网兜拎着几把鲜嫩的椿芽从外面走进来："回去尝尝鲜，城里不好买。"说完，催促表弟带着满满的一筐椿芽赶集去了。

告别了表姨，踏上归程。一路上我这心里直犯嘀咕，怎么人富了就变得小气了呢？忽然，我明白了，改革的年月，老实巴交的农民也有了强烈的商品意识。

感恩的父亲

父辈们为我们年轻的一代操劳了一生，我们记住了多少？儿女们为父亲洗了一次脚，却感动得老父亲热泪纵横，我们应该反思什么？

在我的记忆中，父亲的性格是分两个阶段保存的。三十岁以前，我非常敬畏父亲，他不仅身材魁梧，一脸的络腮胡子吓人，关键是他脾气火爆、凡事要强，动不动就用拳头与我们说话，而且不准讨价还价。三十岁以后，我非常怜悯父亲。母亲去世后，父亲在我们的默许下娶了继母，不久他又患了脑血栓。顷刻间，父亲的锐气、霸气全无，在我们面前整天就像一位知足常乐的老人。

父亲生于一九二四年冀中平原农村，一生命途多舛。人未出生，父已先亡。十七岁时因患黑热病险些丧命，多亏街坊四邻相助，这才大难不死。三十五岁患肺结核被医生判了死刑，多亏家人悉心照料，这才捡回一条命。四十岁时，在洪水中为解救乡亲体力透支，幸好被撑船赶来的村民救起。坎坷的经历，造就了父亲坚强的性格和一颗无时无刻不在感恩的心。

父亲活了八十一岁，他对我说他这一生有三件事永生难忘。第一件事是，十九岁那年腊月二十七，奶奶在北京南苑病故了，他和在张勋庄子上一起扛长活的二哥，用排子车走了三天三夜，终于在大年三十晚上，把奶奶的遗体拉回了一百五十千米外的河北老家。本想见到亲人好好哭诉一番，结果没想到族人硬是不让进村，说是怕冲了春节的喜庆。父亲再三央求，得到的依旧是冷冰冰的“不行！”两个字。哥俩只好在天寒地冻的村外一间破坏屋里蹲了一宿。大年初一，村边住的一位乡亲可怜他们兄弟，端来了两碗饺子，父亲和二哥一见，整整齐齐地跪在地上磕了三个响头。父亲说，这两碗饺子，迄今想起来我都掉眼泪，人在落难的时候，哪怕是你说上一句安慰的话，或是正眼看他一眼，这一辈子都忘不了。

第二件事是父亲这一生最荣耀的事情，那年他当选为贫农团主席，胸戴大红花，骑着大马，在村子里走街串巷，让族人和乡亲们着实敬仰一番。

第三件事是，父亲在弥留之际千叮咛万嘱咐我，要给我的妻子写一篇表扬稿。2004年，父亲得知我们唯一的妹妹患了不治之症后，慢慢患了一种腹胀不想进食的病，经各类医院再三诊断，居然还是查不出病因。很快父亲的肚子一天天鼓胀起来，随即倒在了医院的病床上。一天，我和妻去探望父亲，并为他换了一条新丝绵被。这时，就见父亲的双脚稍微挪动了一下。妻是个细心人，于是她打来一盆热水，放在靠床边的小圆凳上，然后，搬过父亲的一只脚放在里面，轻轻地用毛巾擦洗起来。脚趾、脚缝、脚心、脚后跟，每一个地方，妻都用心用力按、揉、压、挤、攥。一只脚完成了，换上一些热水，用手试试，然后搬过另一只脚。开始，我的注意力集中在妻的双手与父亲的脚上。慢慢地，我把目光移到满头大汗的妻的脸上，然后又挪到父亲的脸上。刹那间，我的心疼了一下，我看到的是父亲一张老泪纵横的脸。当我们四目相对时，父亲艰难地张开了厚厚的嘴唇，从喉咙里发出了由于激动而颤抖的声音。父亲说："你是办报纸的，我求你一件事，能不能给你……"我明白父亲的意思，但没有马上回答是与不是，而是含含糊糊地说了一句"她这是应该的"。父亲听了我的话，泪水如泉涌般流淌出来，他呜咽着说："我这一辈子，没人给我这样洗过脚。我要走了，这一辈子不后悔。"

听了父亲的话，我的心在颤抖。父亲一生为我们儿女操劳，我们从未说过一声谢谢，然而在老人家弥留之际，家妻的一次尽孝心举动，居然感动得他泪流满面。天底下的父母亲啊，做儿女的从你们身上有永远学不完的东西。

父亲临走的那天晚上，妻给他洗了最后一次脚并擦洗了全身。当我趴在床前呼唤他的时候，父亲用力睁开了眼睛。此时的父亲已经再也不能用言语和手势表达感情了，他木木地看着我，眼球一动不动，我们相视了好一会儿，从他那慢慢放大的瞳孔中，我读懂了感恩与期望。父亲，你放心吧，那事我记着呢！我大声地对父亲说。父亲似乎听懂了我的话，慢慢闭上眼睛，永远地走了。

七岁时的姥爷

孩子在怀里嗷嗷叫着，把乳头吸出了血。女人茫然得居然没有反应。三天没揭锅了，女人心疼孩子，她也心疼地上躺着的丈夫。

1889 年的北方的寒冬，破衣烂衫的 7 岁男孩石春庭，跪在北风呼啸的千里堤上，豆芽似的脖颈里的草棍儿摇曳着，向每一个过往的行人表达他的诉求：卖身葬父。

千里堤的脚下有个三各庄，庄子心有一个大坑，大坑的东头有一棵千年的歪脖子槐树，树下那一堆说不上是墙还是房的缺窗户少门的土坯窝里，直挺挺地躺着一个面黄肌瘦、衣衫褴褛的中年汉子,旁边跪着白脸子打卦的女人怀抱着吃奶的孩子，看着驾鹤西去的丈夫，眼里再也流不出一滴泪。孩子在怀里嗷嗷叫着，把乳头吸出了血。女人茫然得居然没有反应。三天没揭锅了，女人心疼孩子，她也心疼地上躺着的丈夫。家里只有半领破炕席，无法将男人卷起。另外，谁来挖坑？谁来抬尸？谁来掩埋？女人木木地睁着一双大眼，高高的颧骨七裂八瓣，像两朵烟熏火燎的高原红贴在那里。女人哭了一回又一回，寒风吹了一回又一回，脸就皴了一回又一回。

怀里的儿子还在拼命地吸吮着，小嘴上开始呈现出红润，那是鲜血和着奶水一起流进了小家伙的肚子里。吃吧，吃饱了不饿。女人横下一条心，等儿子吸干了自己身上的血水，她也就心满意足地跟着丈夫一起走了。

寒风再一次把反弹回来的门板打开，当家氏族孙子辈分的大胖扛着一个棉被卷，领来一位长袍马褂的中年人站到了女人面前。“奶，这是河间戏班的冯掌柜，他们去淀里演出在码头上发现了小叔，来跟你谈一下价钱。”女人睁开了眼，环顾四周不见儿子。大胖见状赶紧慢慢把被卷放下，扒开卷口，这时露出了一蓬乱发。“小叔被冻僵了，是冯掌柜救了他，想买他去戏班学戏。”女人低头看看满嘴血水正在酣睡的小儿子，抬头看一看地上的丈夫，泪眼婆娑中她发现有一个活物在蠕动，那是姥爷苏醒过来了。

“奶,你别不说话,是行还是不行?”女人看着他二人,想哭,可是哭不出来，因为嘴冻得说不出一句完整的话。女人知道，戏班是一个什么样的地方,儿子到了那里，就像羔羊上了砧板。可是不去,哪里还有更好的活路呢?面对大胖再次急切地发问，女人的心痛得麻木了。她说,我一个妇道人家知道什么?大胖，你说了算。大胖点点头，对冯掌柜说，这石家院里穷八辈，我这五十的老头子还得跟怀抱的吃奶的孩子叫叔。这么吧,冯掌柜，我替她做主了,你把孩子领走吧,你看能给多少吊钱?五吊钱。冯掌柜说。看在孤儿寡母的面子上，再加点?六吊钱。你好人做到底，看在孩子卖身葬父份儿上，再加点?一口价，七吊钱。

就这样，姥爷换来了七吊钱，给死去的父亲换来了一口薄棺，请来了缺吃少穿两眼发直的乡亲们，掩埋了父亲。

丧事办完后，姥爷冲着爹的坟头磕了四个响头，然后起身给娘磕了个头，又给乡亲们磕个头，这就跟着戏班的冯师傅一步三回头地走了。

丑娘的生日蛋糕

拾破烂的母亲，攒钱买来一个为儿子庆生的蛋糕，不料儿子只象征性地吃了一小口，随手丢进了垃圾箱。现实中的两代人不再是代沟问题，而是谁该养谁的道德和法律问题。

清晨，人们还在熟睡中。垃圾车没到之前，我推着那辆富人区捡来的育儿车，脸朝着青灰色的大地，从我们低矮破旧的职工筒子楼，穿过宽阔的大马路，走向对面富丽堂皇的独栋别墅区富人嘉园。

丑姐来了。感谢保安经理是我多年的工友，站岗的兄弟们这才叫着我的乳名，把我这个比卡西莫多还丑的丑人，放进比巴黎圣母院还美妙的富人区。

在精致的垃圾小屋，一群猫儿上蹿下跳，嘴里叼着解冻的羊肉，或是鱼儿，在那里嬉戏。我和它们很熟悉，彼此相安无事。因为这里好吃的食物太多了，简直就是一个副食店。

一只老猫跳到了我叠成两截的后背上，把一条大鱼丢进我的育儿车。我知道老猫是无意的，可我感动得老泪纵横。自从二十多年前丈夫被一辆破旧的农用车夺去生命，我被撞成现在这个样子，我几乎就成了地下工作者，很少与活物打交道。感谢富人们的慷慨大方，这些年才让我衣食无忧，还供养了那次车祸后出生的儿子读完小学读中学，读了大学读研究生。

今天上帝格外眷顾，我满载而归。太阳两杆子高的时候，我把从百宝箱里捡到的茅台酒瓶子和其它旧物，在废品收购站换成一百多元钱。然后在比我家气派很多的公用厕所里洗了脸，换上了洗得发白的旧工装，到离家不远的超市买了一个大蛋糕，高高兴兴地回家。

儿子不知啥时进的家门，今天是他毕业后第一次回家过生日。他忙，忙得三年没回家。我知道，全中国的年轻人都漂着准备在北上广深打工攒钱买房子，他不撅着屁股给人家上供说不过去。理解，别说吃住得用钱，就是坐一趟高铁回家，也得千八百的。

回来了儿子？我有些激动，就像平时跟保安和那位工友说起儿子。

妈。儿子弱弱地叫了我一声。

我的心里十分满足。放下蛋糕，努力地抬起头看高大的儿子。可是，不知为什么，这张脸好久没有扬起过了，怎么抬也抬不起来。我把手撑在膝盖上，想要直起腰。可我努力了几次，只有念想，没有力气。我的腰好痛，心里更痛。几经挣扎，最后放弃了。于是，我只好从兜里掏出一面小镜子，侧转脸，通过明媚的光线反射看儿子。儿子白净的脚上只穿着半截袜子，裤子比我捡破烂时穿的还破，膝盖上有两个大窟窿。

别看了。儿子有些不高兴。我跳过洁白的衬衣，终于看到了他那张英俊的脸。

不是说带对象回来让我看看吗？我怯怯地问。

儿子没吱声。我也不好再乱说话。须臾，把蛋糕放在对面捡来的纯实木茶几上，点上红蜡烛，让儿子许愿过生日。

儿子看看我，不情愿的双手合十。不一会儿，木木的脸上留下了两行眼泪。

我照着镜子问儿子为何这样？说外面的日子如果太苦就回来，女朋友这次没时间就下次来。

儿子收回了泪水，终于把脸对准了我侧转的脸，嘟嘟囔囔地说了一句：心里阴暗向谁说，我的心里住着鬼！说完，哭了。

我理解儿子的处境。在一线城市没人没钱又没能耐那就是活受罪，可又有几个年轻人认为自己没能耐呢？我一边劝着儿子别哭坏了身子，一边在想那个鬼肯定不是我。儿子的话太有学问了，日后必成贵人。

我把切下的蛋糕递给儿子。儿子只是象征性的勉强吃了一小口。我理解儿子，他知道蛋糕来之不易，我也知道他从小就有好东西慢慢吃的习惯。

快乐的午餐时光很快就要结束了。下午，儿子要乘高铁返回他的城市。在我的一再劝说下，他这才把蛋糕拿上路上吃。于是，我目送儿子悄无声地走下了筒子楼。

儿子前脚走，我后脚跟了下去。我想好好看看他的背影。就在这时，我发现了剜心疼痛的一幕，没事人一样的儿子，春风得意地走着，顺手把那盒蛋糕丢进了筒子楼的垃圾桶里。

三　嫂

平民的爱，常润物细无声。她不讲价钱，不计成本，她是那种纯粹的全心全意的爱，让我们时刻在厚重的暖意洋洋的爱

的包围之中度过每一天。

三嫂大我一岁，今年刚好六十岁。我们同城而居，但相距二十华里。三哥在华北油田上班，身体不好，十几年前买断工龄。翌年，三嫂所在的收购站破产，她也下了岗。

一家有两个下岗的工人，还要抚养女儿和侄女，这日子在别人的眼里根本就没法过。然而三嫂倔强，从不认命。没有技术，她就去一家个体户做苦力，不分昼夜地装卸超过她体重将近一倍的物体。你要知道，三嫂的身高只有一米五几，体重不足四十五公斤。后来，三嫂由于干活卖力，老板给她换了工作，在后场车间加工泡沫床垫。

仲夏的一天，我去三嫂工作的地方，看望三嫂并告诉她一件事情。我的儿子，她的侄子，处上了对象，有希望结婚了。

走在城西狭窄的街道上，经过多方打听，我找到了三嫂工作的地方。穿过无人看管的前厅来到后院，满眼的泡沫床垫堆积得到处都是。我听到了机器刺耳的声响，闻到了一股胶皮的烧焦味道，干呕了几下，硬着头皮走进了厂房。这是一个加工车间，里面有十多个工人在用电锯切割泡沫床垫。我没看到三嫂，三嫂却发现了我。她从泡沫堆后走了出来，拽着我的胳膊走到了车间外的阴凉处，这才开口说话。她说，车间里有毒，怎么今天有空？我看着又瘦又小又黑又憔悴的三嫂，眼泪差点掉下来。我说你怎么连口罩都不戴？三嫂说习惯了，闻得多了就不觉得有异味了。我说，这活也太辛苦了。三嫂说比扛大件轻闲多了，而且每月比原来多挣六百，一个月可以挣两千四百元。我看着三嫂墨菊似的幸福面庞，与她述说了儿子的婚事。三嫂高兴地一连说了几声“好事”。随后略有所思地停顿一下，神秘而又兴奋地告诉我，到时送一件礼物给我。

回家的路上，我思索着三嫂能会送什么礼物，估计是她有可能亲手为我的儿子做被褥。因为三嫂的手很巧，她每年都要做两件事。第一件事是五月初五，在集市上选最好的蜜枣、黏米，包又大又香又甜的粽子，送给我们各家。不夸张地说，我这一辈子吃过很多粽子，只有三嫂包的最好吃。第二件事是每年春节，三嫂从我们的老父亲那里学来的手艺腌制咸菜和熏鱼。那油黑锃亮绵软又劲道的咸菜，外焦里嫩芳香可口的熏鱼，我们每次都能吃出父亲的味道。我和三嫂从小就认识，我们同城同届上学，父母都在县城上班。高一那年，参加专区运动会集训，我在乒乓球队，她在田径队跑一百米。三嫂同三哥结婚后，给我印象最深的一次记忆，是 20 世纪 70 年代，我当兵回家探亲归队时，三嫂端来一簸箕煮熟的鸡蛋。

一晃一年多过去了。今年 8 月 8 日，儿子的婚事终于订了下来，剩下的就是操办婚事。昨天晚上我在家里看电视，老伴打来电话，说是三嫂要送一件绣品过来。我忽然想起了三嫂曾经的许诺。三嫂在路上的时候，我在想是一件什么样的绣品呢？门铃响了，三嫂满面春风地站在了我的面前。我忽然发现，眼前的她面庞滋润，少相了五六岁，就像换了一个人。一向沉默寡言的三嫂，居然喜笑颜开地对我说：我来给大侄子送结婚礼物。我正在纳闷，楼道里的电梯打开了，三嫂的女儿、女婿和侄女、女婿，抬下了一幅装帧好的超大十字绣山水镜画，摆放在我的客厅。

看着呼之欲出的小鹿、山泉，栩栩如生的青山、翠林，一股不可抗拒的大自然神力，顿时充盈着我的陋室，瞬间我想到了那个词：蓬荜生辉。这是三嫂用将近两年的业余时间完成的

1米乘2米的十字绣，它不仅包含着三嫂的心血和一片暖暖的爱，而且这绝对是一幅精湛上乘的十字绣力作啊！

看着喜上眉梢颇有成就感的三嫂，我高兴得不知道说什么好。三嫂说，你什么也不用说，赶紧把它挂上。说着，指挥两个女婿又是用电钻打膨胀螺丝，又是用水平尺超平，忙活了好一阵，这才装好百十斤重的镜画。一切完活，三嫂深情地看着绣品点点头，如释重负地笑一笑，说，还可以。妻子端来茶水、西瓜，我请求三嫂坐下来。三嫂说，时间不早了，你们赶紧休息吧。说完，没来得及喝一口水，就在我和妻子的一片挽留声中走了。

目　光

回想起来，母亲离我而去五年多了。可不知为什么，她那一双坚定、刚毅、深邃、慈祥的眼睛，却如同“上帝”的目光，无时无刻不在凝视着我、鼓励着我。

我是一九七七年元月应征入伍的。记得临行的头天晚上，母亲下班回来，忙了整整一个晚上，然后坐在床前为我整理行装。看着母亲那劳碌的身影，我心里有一种说不出的滋味。忽然，我发现母亲那双皮儿大而有神儿略带威严的眼睛，变得有些红肿。我猜测母亲多半是刚才在炒花生时偷偷地哭了，也真难为慈母一片爱心。母亲那年五十四岁，在县法院当副院长。尽管年纪不算大，但由于工作和家庭的操劳，已使她两鬓花白，大大小小的皱纹爬满额头、眼角。我在兄弟中最小，而且是“公认”的最聪明的孩子，参军比不得外出上学、做事，母亲牵挂在心也是情理之中。拾掇完衣物，母亲起身从外屋端进一簸箕炒花生。“小刚，把这带上，到了部队分给大伙吃。你瞅咱这煤不好烧，熏得我直流泪。”母亲大概发现我正在看着她的眼睛，边说边掏出手绢擦去眼角溢出的泪珠，然后又转身找来一个塑料袋儿，将花生盛在里面。兴许是我没有捏好袋子，但我分明看见母亲的手在微微颤抖，花生撒落在了地上。母亲弯下腰，从打着补丁的青布棉袄袖口里，伸出那双因常年劳作家务而变得粗糙的手，一粒一粒把花生捡起来放进口袋里。母亲的动作是那样迟缓，那样用心。生怕什么事情做得不圆满。我怔怔地打量着她，蓦地感觉到母亲的心血在我周身沸腾，此时此刻，我真想一头扎进母亲的怀里，像孩童时那样再撒上一回娇儿。

翌日，吃过母亲为我煮的茶蛋，一家人送我到了县武装部。一路上我劝母亲回去，她不表态。点名过卯之后，在一阵锣鼓声和亲人的嘱托声中，我们数百名新兵分别乘上了大客车。我倚窗而坐，翻转身子在寻找着母亲和家人。父亲和妹妹站在一个小土岗上向我招着手，母亲却木然地站在他们中间，睁大双眼一动不动地盯住我的脸。“爸，妈，你们回去吧！”我挥挥手，眼泪险些掉下来。汽车开动了，只见母亲弱小的身躯向前挪动几下又站住了，她半张着嘴巴，脸色有些发白，但却没有流泪。

一晃在部队过去了九年，我上了学，入了党，提了干。这期间，每次探亲回家都是母亲送我踏上征程。想起与母亲的最后一面，是她老人家在世逗留的最后一个晚上。那夜，我从部队急匆匆地赶回来，母亲已经没有气力再讲话了。看着母亲那因肝癌而折磨的不像样子的面孔，看着母亲那双渐渐失去光泽的眼睛，我的心都要碎了！我知道这次是母亲要上路了，是我在送她老人家永远去远行！我想说，普天之下的儿女们，热爱你的母亲吧，她是世界上最富有牺牲精神、最勤劳、最伟大的人！我祈祷，主宰万物的主啊，快快显灵吧，像母亲给我生命一样再给母亲一次生命！然而，上帝是不存在的。母亲安详地闭上了眼睛，从从容容、不声不响地走完了属于她的那一段人生历程。

幸福的电话

有父母的日子就有家，无论你多大年龄都是个孩子。珍惜与父母朝夕相处的每一天，让幸福一路伴随你走得越长越好。

一觉醒来是年三十，本是个高兴的日子，于跃进却面对着满屋的大包小包的年货，心里一阵紧似一阵发沉。他一声不吭地坐在床头发呆，随后拿出一支烟，放在鼻子底下闻了又闻。妻说，想抽就抽吧。说着，打着了火机。于跃进摇摇头，把烟夹在耳朵后边，起身打开了电视。电视里正在播放春晚的彩排花絮。妻伸着脖子凑过去，说好看。于跃进没吱声，啪一下，把电视关了。妻说，儿子不回来过年，你跟我摆得哪门子邪？于跃进看妻一眼，披上外套，走出屋子，下了楼。

早上有风，灰蒙蒙的天空里飘着喜气洋洋的雪花，不时撒落在红彤彤的世界里。于跃进踩着满地的炮仗纸，漫无边际地向街上走去。过年真好。往日拥挤的马路，一下子变得宽大起来。平日拥堵的十字路口，再也见不到你争我夺的车流和警察，只有一堆儿买卖炮仗的人在那里交易。于跃进从马路的东头向西走，县城不大，结果是一个熟人也没见着。他想肯定是见不着。人家都忙着呢，这会儿谁也没空儿搭理他。于是，于跃进越发莫名其妙地随风走着。不一会儿，顺着东北风就来到了政府广场。巍峨的市府大楼前猎猎飘扬着国旗，一排大红的灯笼高高悬挂在前厅惊羡喜庆。面对这个曾经出出进进了二十年的地方，刚刚“二线”的于跃进摘下了帽子，深深地鞠了一躬，他说，亲爱的同志们，于跃进给你们，也给我自个拜个早年啦！希望你们在位的努力工作，不在位的保重身体。

于跃进说完绕场一周，随后不知不觉地向高楼背后的一处小巷走去。这是一个十分不显眼的地方，也许是老马识途，于跃进低着头，想都不想，看都不看，居然很熟练地左转右拐来到了巷子深处的小四合院前。他从裤兜里摸出了一把钥匙，熟练地挑出一只，打开两扇小铁门，径直向里面走去。小院不大，干干净净，半院子的大白菜盖着草苫、棉被，在窗台下马放得整整齐齐，透着一股儿浓浓的青菜鲜味儿，这是爹娘为春节回家过年的儿女们准备下的常用菜。爹，娘，我回来了。于跃进走到院里，凝视着老屋的房门，一连喊了三声，里面没有人答应。顷刻间，于跃进不禁潸然泪下。须臾，婆娑的泪眼停留在一株穿上保暖衣的石榴树上，于是自说自话起来。怎么说走就全走了呢？你叫我这个年在哪儿过？

眼前的这棵石榴树，是爹从老家的祖屋门前挖过来的。爹十六岁跟着队伍南下，几十年后才回了一次老家。爹说，这棵石榴树的根连着老祖宗的血脉，看见它，我就想起了他们，它在哪里，哪里就是我们的家。几十年过去了，在爹的精心看护下，石榴树依然茂盛。每年的八月十五，是爹娘最高兴的日子。他们把采摘下的石榴，有一得一的分好堆儿保管好，就等儿女们回家聚餐过后，这就喜笑颜开地分红彤彤的大石榴。现如今，爹走了，娘也走了，过年了，我上哪里去？于跃进越想越伤心，越伤心越想。悲伤到难以自拔时，于跃进不禁跪在石榴树下，号啕大哭起来。

哭了一顿饭工夫，于跃进紧绷的心这才有了些松动的感觉。这时，老屋里的电话响了。于跃进吓了一跳，他摸一把衣兜，手机放在了家里。于跃进擦干了泪，从地上爬起来，开了房门，抄起了电话。喂，是小进吗？怎么像爹的声音？于跃进在惊诧的同时，突然想到了同城的大哥。大哥说，有个事在我心里纠结了好多天，刚才打你家里的电话，弟妹告诉我你肯定在老院，我们商量了一下，你看这样行不，咱们今年三十、初一回老院一起陪着爹娘过年怎么样？

大哥话音未落，于跃进喜极而泣。顿时，感到无比的幸福。

第四辑　人与动物

地球上除了人，还有许多动物。从生命的角度而言，我们都是平等的，所以，人类不能漠视它们的存在，尤其是高智商动物。在与人类的共同生活中，许多动物扮演了导师的角色，它们的忠诚、坚贞为我们人类树立了标杆。所以，人类在进化过程中，有必要回过头来反思自己，我们的智慧是否用错了地方。

耳东陈

美丽的女孩为旅途的人们带来一道亮丽的风景，其实秀外慧中的那颗善解人意的心，才是征服游客的杀手锏。愿天下的有缘人邂逅在幸福的向往中。

闽南六月天的下午，我们带着攀爬日光岩的一身汗渍，急匆匆地登上由厦门开往武夷山的火车。半天一夜的行程，想的最多的是赶快到站，洗个热水澡。可是，清晨八点车到站了，地导居然没来。

过了十分钟，又过了十分钟，难听的话不知说了多少。这时，地上钻出一个陈妹妹。大哥们久等了，小妹这厢有礼了。白白的瘦小女子举着一杆杏黄旗，微笑着看着大家，深深地鞠了一躬。人哪去了？人高马大的我，故意伸脖子瞪眼寻找了一番。小女子直身一脸几乎贴到了我的胸口，亮晶晶的大眼里一汪情水，微笑的嘴巴里，流淌出了抑扬顿挫的闽西北普通话。

我姓陈，耳东陈，千错万错都是我的错，要打要罚随大家的便。只是，动手你们会可怜我这小身子骨，骂我又看在我是女孩家家。我知道你们北方人大多会怜香惜玉，这么吧，我唱一首闽南小调《天黑黑》，先赔个不是，回头呢，再请你们到我家品尝顶级大红袍。

歌声唱起来，甜的醉人。大红袍还没喝，香味儿就征服了我们。都说南方人精明，看来人尖子在福建。所以，还得留上一小手，免得被人卖了还帮人家数钱。

车到旅社，行李放在大堂，匆匆用过早餐，我们要入住洗澡，耳东陈说最好先去漂流。她说，为了缓解旅途的劳累，我们改变了攀登天游峰的安排，先去九曲溪水漂流，既然漂流，免不了打水仗，弄湿了回到旅馆再换不迟。大家一听是这么个理儿，一路感谢着耳东陈，乘车到了九曲溪水检票口。

六个人一个竹筏子，我们加上耳东陈正合适。为了旅途愉快，我们按照她的嘱咐给了艄公五十元钱，作为讲解费。同时，每人花十元、二十元买了水枪，以防不测。漂流开始，溪水清澈见底，皮球般大小的鹅卵石，就像悬浮在镜面里。我要下水！耳东陈说不能，这里是城市饮用水。我要吃鱼！耳东陈说不行，这里的鱼叫红眼鱼，属国家保护种类。游不能游，吃不能吃，看看远去的竹筏，前后有五十米的距离，而且全是一个方向，这水仗和谁打？郁闷。在平波静流处我问艄公，九曲溪水有多深？艄公居然不会说普通话，而且问一句答一句。嘿呀呀，五个大老爷们的愤怒，一下子发泄到了耳东陈这小女子身上。

微笑，依旧是微笑。耳东陈说，少安毋躁。说完她顺势把鱼食撒进水里，只见平静的水面，泛起一片浪花，数十条七八斤的大鱼跃出水面，向我们致意。也许是这里的水太纯正了，每条鱼的眼睛红彤彤的晶莹剔透。这就是九曲里的红眼鱼，全世界独一无二的鳞和肉可同时吃的赤眼鳟。

哪里能买到这种鱼？我还是想吃。耳东陈说，下游有卖，一百元一斤。我说真的吗？耳东陈说，绝对是环保的，但不是野生的。

竹排继续顺流而下，半天没说话的艄公，突然用竹篙把我们的视线引向了岩壁。岩壁光秃秃的什么也没有。耳东陈说，你们看那幅自然形成的岩画，哪一个是你？哪一个是嫂子？我们定睛一看，原来是一大一小两只蛤蟆。众人大笑，春心荡漾起来。来吧，当我们正要做好准备迎接挑战时，一股子清清凉凉、爽爽透透的溪水从我们后面袭来。猝不及防，人仰马翻。顷刻间，我们一个个变成了水猴。于是，五杆急红眼的水枪，全都朝着一个方向发泄过去。可怜的耳东陈，只好抱头转过身，奉献了全部后背。一阵狂轰滥炸过后，耳东陈俨然像个落汤鸡惨不忍睹。微笑，还是微笑。停战间隙，耳东陈捋着乌发上的溪水，说，只要你们开心，我这后背就权当做贡献了。话是这么说，我们却感到难为情。于是，决定停止对耳东陈的攻击，相互之间展开捉对厮杀。

九曲溪水洗去了一路的征尘，将近两个小时的漂流，我们和耳东陈成了好朋友。午饭，我们没有急着回到旅社，而是先到他家去品尝武夷山的顶级大红袍。路上，耳东陈告诉我们，旅社12点前没有退房，所以我们只好来漂流。艄公非常辛苦，多是我的乡亲，所以为他们争取了一点小费。说到迟到的原因，那是因为送一名游客去了医院。面对真诚的耳东陈，想想暴风骤雨般的水柱，打磨在人家娇小的后背上，我们还能说些什么呢？

耳东陈的家住在武夷山市的郊区，一排排二层小楼，是政府专门为从景区迁出的茶农修建的。我们到达时，家人正在包饺子，长相迥异的妹妹热情地把我们领上了茶楼。当我们坐好品尝了一壶又一壶的大红袍功夫茶后，还未谈及价钱，耳东陈端上了几样鲜菇、新笋、木耳小菜，还有一大盘饺子和几瓶冰镇的啤酒。她说，茶叶不急着买，大家都饿了，我请大家吃饺子。不得了！饺子就酒，越吃越有。耳东陈啊，你就是我的亲妹妹。一杯接一杯的凉啤酒下肚，什么都忘了。朋友说，这茶叶咱多少钱买？我说，要多少给多少。朋友说，说得是。

酒足饭饱，我们满心欢喜地拎着大包小包的大红袍，在耳东陈微笑的视线中离开了。翌日，话别前的午餐，耳东陈专门为我们加了一道菜，这就是又鲜又嫩又香又滑的水煮红眼鱼。

官塘鱼痴

人生往往只有走过之后才知道一路上该拿起的没拿起，该放下的没放下。关于钱财，最大的乐趣不在于聚集，而在于分享。

爬上山顶寺的人

我在官塘休闲中心附近遛弯时，发现了一个奇怪的人。疑惑过后，我只是打听到了他的名字叫马六甲，其他的事情一无所获。据说，他是一个不善言语的孤老头。

大老远就能听到鞋托的响声，趿拉，趿拉，一听到响声就知道那个上着褪色海魂衫、下穿蓝色大裤衩的瘦干巴老头马六甲来了。马六甲一来，手里保准拎着几条白鲢、草鱼。每到这时，早有男男女女的老少爷们在温泉小镇门口恭候多时。

老马辛苦了。几声寒暄过后，人们自觉地站成一队，由老马从头至尾像检阅部队一样发鱼。不问价钱，按照先来后到顺序，每人一条尽管拿走。分不到的下次优先。看到这里，我不禁心花怒放，天地间还有这样的好事。这个其貌不扬的糟老头，让我动了心思。于是，今天我早早来到这里。我来这里不是等鱼的，我是在等马六甲。我不认识他，所以很想了解他。写小说的人都很怪，对莫名其妙的一些人和事非常敏感。于是，在人散鱼空后，我跟着马六甲亦步亦趋地走了。

趿拉，趿拉，马六甲在前边低头走着，他的腰身有些弯曲，黑白各占一半的长发稀疏地飘在脑后。穿过温泉小镇花园一样的别墅洋房,曲径通幽的一条小路把我带到了万泉河景观长廊，来不及多想，我随着马六甲一起登上了停靠在码头的游艇，这时发现游艇上坐满了许多说说笑笑的垂钓人。显然马六甲和他们相识，他人刚上艇，几乎所有人都站立起来让座。马六甲微微一笑，就近坐了下来。游艇顺流而下，来到河水中的小岛，人们下艇登岛，陆续散开，寻找着自己的位子。

小岛不大，说起来只是一片冲积而成的泥滩，上面长满了青草林木，有人为修剪过的痕迹，所以看上去不算荒凉。马六甲慢悠悠地来到几株芭蕉树下，那里摆放着一张躺椅，一只发白的小凳，地上还有一顶用塑料袋装好的遮阳伞，他先是支好伞，然后坐在小凳上，整理鱼竿和鱼食，一切完毕，他把鱼钩甩到水里。马六甲的垂钓位置处在滩头的杂草丛生的深浅水交界处，我踅摸了一圈，觉得他这个地方最好。须臾，试探着走上前去和他打招呼。

见到陌生人，马六甲表现出的是一种沧桑的儒雅，他问我没事瞎转悠干什么？我一时语塞，不好作答。看得出，表面木讷的马六甲城府深过万泉河水十倍。“是来温泉休闲中心开会的吧？”“你怎么知道？我观察你有几天了。穿得简简单单，举止大大方方，一看就是个文化人。”天呐，活了大半辈子了，全说可以给孙子当祖师爷了，没想到临了一头栽进了万泉河。在高手面前，我甘拜下风。于是，我一五一十地自报了家门，并通报了这次海南南方小小说论坛的一些情况。见我一脸的诚实，马六甲诡异地笑了。他说，请坐，有话就问吧。我不敢坐下，觉着那样不合适。他说，叫你坐就坐。我坐了下来。马六甲递过一个刚削好的青椰。我一边喝着椰子水，一边在想谈话从何说起。鱼很快咬钩了，浮漂下沉，钓线上提，一条足有五斤多重的草鱼，被领到了岸边。只见马六甲一手持竿，一手拿抄网，麻利地将鱼抄了上来，装进水里的鱼兜里。看到这里，我突然有了话题，不由地赞叹起马六甲的手艺。马六甲微微一笑，说，“你看走眼了，我这点能耐刚学会没几个月。”我问他为什么，原先做什么？他看我一眼说，“吃皇粮、拿俸禄。”我说你一定做过许多大事。他说，“年轻时做过，后来除了吃饭、睡觉是自己的事，其他都是别人做的。”我还想问他为什么，他闭口不语，只是专心钓鱼。半晌，他给我讲了一件普通人难当的事。离职后的第一天，去商场买东西，出门乘车居然坐错了方向，这还不说，上车还不知道买票，好在自已到了一把年纪，这才免遭寒碜。蜕化变质了，活回去了。马六甲说完这两句话，不再吱声。我还想从他这里得到什么，他只是钓鱼，好像根本没有我的存在。

我在河滩上四处闲逛起来，向垂钓者不失时机地打听着马六甲的信息，人们只是觉得他怪怪的，每天把在万泉河钓到的鱼，放到自家的池盆里，第二天早上拎到街上送人。别的一无所知。我不甘心，向一位文气的老者打听起马六甲，老者说，听说马六甲的父亲早年在南洋做生意，没少组织华侨为中国抗日捐物资，后来征召参加了马六甲海战，那时正巧马六甲刚降生，所以就取了这个名字。抗战胜利后，马六甲全家回到了祖国。再后来听说马六甲长大后当了一家大型国企的总裁。他说，“我和马六甲是在温泉小镇‘知鱼桥’下认识的，我说我们钓鱼非吃即卖，你为何天天快乐地送人？即使你高兴，鱼儿能高兴吗？你猜马六甲怎么说，子非鱼，你非我，个中乐趣非庄子与惠子能理解”。老者还告诉我，马六甲在官塘就住着一间自己买下的小房子，生活非常简朴，可是这豪华游艇却是他捐给大家的。

我回到了马六甲身边，仔细地打量这位风烛残年的老人。内心的平静，开始澎湃。我不由自主地重新审视着眼前的这位沧桑感十足的老人。时间随着一条又一条鱼儿的上钩，慢慢沉入万泉河水。天光逐渐暗淡下来，收竿了，人们陆续登上了游艇。看着满心高兴、收获颇丰的马六甲老人，我的脸上和内心涤荡着美妙的春风。

游艇在万泉河上逆流飞驰，雪白的浪花烘托起绚烂的晚霞。我在想，在红色娘子军生长的地方，究竟是什么让马六甲有了这种美丽的念头？想啊想，理不出个头绪。

会议结束前，我独自乘公交车去琼海购物。四十分钟的车程。我发现了太多让人感动的事：一路上，乘客们在为素不相识的老弱病残幼主动让座。我问身边的中年人，琼海一直是这样吗？回答：博鳌就在家门口，咱礼仪之邦的中国人，必须的。原来我碰上了一个东北人。

藏　獒

忠实和善良在不同的环境和不同人的眼里有着不同的解释。有时，忠诚和善良会成为一种短板，变为愚忠和懦弱。

老黑老了，有些哼哼不动了。即使在二八月它也没有了情绪，看着乐此不疲的同类们得意扬扬地玩耍，它只有抹搭眼皮的力气，有时实在闹心不过，也只好在花丛里撒一泡尿，排解一下心中的丝丝凉气。老黑的主人现在是县城里的一位举足轻重的人物。以前的老黑不是这个样子的，主人每天晚饭后遛弯总是要把它带上，一路上，它和主人的脸上就像贴满了灿灿的黄金，尤其是到了二八月，那更是风光无限。老黑是一条出身名门、有着贵族血统的纯种藏獒。本来它生在西藏，长在北京，许多爱狗人士和有钱的绅士，都想花大价钱收留它。但没想到十几年前，由于名犬驯养基地管理人员的疏忽，误把它看成是一只本地柴狗，年幼的老黑被由都市贱卖到省城，然后颠沛到地、市，最后流落到偏远的小县城。好在老黑的命不错，辗转再三，总算有人收留了它。那时的主人，还是一对新婚燕尔的年轻人，他们住在县郊的一处大的荒院里，三间破房，没有院墙。于是他们在集市上花小钱把尺八长的老黑买回家护院壮胆。老黑刚到这里的时候，由于长相丑陋，不得女主人宠爱、男主人欢心，只好独自住在简陋的狗窝里，常饥一顿、饱一顿，吃着主人倒下的剩饭菜，看护着院子数星星。寒来暑往，日落日出，老黑在尽心尽力尽职尽责中渐渐长大成一条愚忠可爱、犹如雄狮一般身材的凛然猛犬。对于老黑的功绩和颠覆性的模样，年轻的主人对它刮目相看，从此，看家护院不再是它的主业，随主人遛弯是它和主人每天必做的事情。说是有这么一天，从北京来小县城旅游的一位犬类专家，在街上遇见了老黑和它的主人，两只眼瞪得比牛蛋子还大。主人说，瞧你那胆儿，它不咬人。游客说，它是不咬人，它吃人。主人说你这是什么话？不就是一条狗吗，至于把你吓成这样？游客说，它是一条狗，可它是一条比人还值钱的狗。主人一听这话不高兴了，说，你这不是骂人吗？游客听了主人的责问，连忙冲着老黑点头哈腰的赔了一堆不是，因为它发现老黑的脸色要变。

游客离开小城的那天，千方百计打听到主人的电话，约他一起出来喝茶。老黑的男主人是那种亦官亦商的文化人，基本素质是有的,所以有人相约,自然赴会。游客自从那天见了老黑，满脑子都是它的影子。与狗打了一辈子交道，在民间还是第一次看到这么纯种的藏獒。主人自从那天见到游客，就一直琢磨着游客的话中话。萍水相逢，素昧平生，他一眼瞧见老黑居然惊呆成那样，说明老黑不一般。二人落座，游客说，我马上回去了，我想花大价钱买你的狗，不知你意下如何？主人说多少钱？游客伸出了五个指头。主人说，五千元？五万元？五十万元？游客说对。主人的心狂跳不已，他万万没想到老黑会这么值钱，于是，他说了声，给多少钱也不卖。

游客临走时到主人家里看了老黑，买去许多好吃的。他说，这是一条纯种的藏獒，希望你们善待它。游客黯然神伤地走了，主人的眼睛却突然间亮了起来。从此时此刻起，他同笑不露齿的女主人一合计，不再把老黑当作一条狗，而是当财神一样供了起来。

早春二月到来的时候，老黑派上了用场，为想要名门之后的狗主人们传宗接代，一次出场费由五千元暴涨到一万元。几年的工夫，主人发了，破院子圈起了墙头，破房变成了别墅楼。主人高兴，老黑心喜。于是，老黑在主人的驱使下日日夜夜地加班加点工作着，即使腰酸腿疼、伤风感冒、跑肚拉稀也不得休息。

又是一年秋八月，主人家的别墅楼前排起了一个豪华车队，说是市领导们特意慕名而来，为爱犬寻“乘龙快婿”。主人一见这阵势，心说机会来了。于是请出了老黑速速交配。成人美意，讨主人欢心，这是老黑的职责。于是，不管腰伤是否疼痛，它咬牙坚持了下来。对于老黑的出色表现，主人大加赞赏、以资鼓励。

猫三狗四。严冬到来的时候，市里传来好消息，雍容华贵的“公主们”个个生下了剽悍的犬子。随着好消息的到来，老黑的腰却出现了问题，前半截与后半截之间好像没了联系。从此它不再强势傲人，而是常耷了着眼皮，像一只刚出生的羸弱牛犊伏卧在地上。女主人说，它这是本性难移，思爱成疾。不如找着那个游客，看还能卖几个钱。男主人说，不能这样对待功臣，不能让别人说三道四。二人经过激烈的争吵后决定：老黑留下。女主人买进一只波斯猫。

面对主人的恩赐，老黑感激不尽。

然而，时过境迁，老黑失宠了。在以后与轻浮的波斯猫的相处中，它常无辜地被女主人责骂，但一想到男主人能够留下自己，也就什么都忍了。冬去春来，老黑的病情一天比一天重了起来。一个阳光明媚的上午，女主人捧着一只盒子走进了房门，须臾，波斯猫被赶了出来，主人指示老黑守在门前严加防范。难得主人这样信任自己，老黑激动得热泪盈眶，它抖一抖鬃毛顽强地站了起来，向着主人发出遵命的叫声，然后趴在地上。老黑知道自己快不行了，但重任在肩，它必须站好最后一班岗，它要用尽平生的力气，不让波斯猫越过门槛一步。

虚掩的房门开着一道缝隙，波斯猫探头探脑的在地上走着八字，它不时地看一眼态度坚决、面目严肃的老黑，不敢越雷池一步。喵喵，波斯猫终于耐不住性子，趁老黑睁一只眼闭一只眼的工夫，出其不意地扑了过去。哪知表面上打盹的老黑，耳朵却十分灵光。只见它大爪一伸，犹如弹簧一般抄到了波斯猫的肚皮底下，一个怀中抱月，将其揽入怀中。老黑说，干什么去？波斯猫说不干什么？老黑说你不诚实，也不忠、不义，主人对你这么好，你还不听主人的话。波斯猫笑了，比哭还难看，它说，我不过是主人的一只宠物猫，你不过是一条老狗，何必那么认真？波斯猫一边说着，一边伸出细软的舌头舔着老黑潮湿的鼻子。老黑被波斯猫这超常的举动感染着，舒舒服服地趴在地上，索性把睁着的那只眼也闭上了。波斯猫一见，心说，好狗难过美猫关，此时不进何时进。想到这，它慢慢地从老黑怀里站起，下蹲攒劲，用力向上一蹿，不料尾巴却在老黑嘴里。喵喵喵！波斯猫气得暴跳如雷，它说，你还真是个棒槌！主人对你有什么好？天天遭白眼、吃冷食，要是我早走了。老黑不爱听这话，它说，宁可主人负我，不可一日负主人。我老黑一生勤勤恳恳、光明磊落，我不能因快到站下岗而丧失一贯表现。波斯猫听了这话，冷笑几声，说，天底下难找你这样的断了脊梁骨的蠢货，天可救药！老黑最容不得骂它的断背。唔唔！老黑低吼着张开血盆大嘴叼住波斯猫柔软的脖子，用尽平生力气把它甩到院里。

“干什么！”男主人下班回来看到了眼前的一幕，他从地上抱起波斯猫，怒目相向老黑，“你这条死狗，怎么敢对它下如此毒手？”此时此刻，老黑感到了无比的冤屈与渴望。相视之中，它再也没有气力为自己辩解，它多么渴望主人也能像抱波斯猫那样抱抱自己。然而，主人没有理睬它，而是一边用脚点踢着它受伤的老腰，一边顺手把波斯猫送进虚掩的房门里。

老黑彻底地绝望了。它用尽最后一点力气，向着高高的墙外世界冥茫而立，然而几经挣扎，不曾站起。就在这时，房门的缝隙中窜出波斯猫，她的嘴里叼着一只五色斑斓的珍珠鸡雏。老黑天旋地转地看着男主人。男主人却惊诧地盯住波斯猫。须臾，房门大开，追出手拿晾衣竿的女主人，没等老黑从心底说一声“对不起，这不是我的错”，那亮晶晶的杆子直打在它的脑门上。

我与大青一家的故事

一大盆白面挂面汤，呈现在狗狗面前。可能是由于热的缘故，狗狗们围着汤盆坐下来，一边梳理着毛发，一边交谈着罐头的美味心得。当太阳快要落山时，它们这才围拢上去，瞬间风卷残云。

我们第一次见面是在一个废弃的庄园里。我来登记财产，它在护院。没有第三者引荐，我俩一见如故。那天，我开着老板的旧车来到庄园。我从车上下来，站在林荫道上，欣赏着院里的两棵桑葚树。风儿吹过，一颗颗熟透的紫桑葚掉在地上，我的心里闪过怜悯。叹息声中，不知不觉有一个毛茸茸的大青犬，吐着长长的舌头在舔我汗津津的手。我下意识地用手去抚摸它，他眨着两眼对我表示了友好。我是属狗的，从小就被狗咬过，但是依旧喜欢狗。因为在我的概念里，狗是人类最忠诚的朋友。我拍打这大家伙的脑门，问它，大青，怎么就你一个人在这里孤零零的？它好像听懂了我的话，冲着东边的菜园子，汪汪几声。就见一只在哺乳期的黑母狗，领着八只黑黄不一的小狗，向我们跑来。

顿时，寂寞的庄园里有了生气。花池旁、菜地里，到处是它们一家欢乐的身影。初次见面，送上些什么礼物呢？我左思右想，忽然觉得，自从庄园要开发成顶级商城，老板离开这里大约有十天左右的时间了。看看桑葚树下干净的就餐器皿，我隐隐感觉到，大青是想要我找些粮食或肉给它的伴侣和儿女们。

我走进了昔日繁华的别墅，来到凌乱的厨房，翻箱倒柜，找到了一些写着英文的肉罐头和方便面。看看跟在身后的大青，我试着打了一下燃气灶。灶眼里居然冒起了蓝色的火光。天啊，今天成就我为人类的朋友做上一顿美食，以示我们的友谊。在厨房的角落，我找出了锅盆，用地上的菜刀撬开了罐头。罐头里面有鱼有肉，而且味道不错。我把罐头端到大青面前，它狂吃两口，便招呼家人一起进餐。我感到从未有过的震惊！在我的想象中，尽管狗是人类的朋友，但它在食物面前依然保持着畜生的本性。尤其是饥饿中的狗，它会护食。

大青一家有滋有味地吃着，我把水烧开，煮上了挂面。不多时，一大盆白面挂面汤，呈现在狗狗面前。可能是由于热，狗狗们围着汤盆坐下来，一边梳理着毛发，一边交谈着罐头的美味心得。当太阳快要落山时，它们这才围拢上去，瞬间风卷残云。

要回到城里办公的地方去了。临走我给老板打了一个电话，告诉他我把罐头、挂面给狗狗们吃了。老板听了很激动。他说，你就帮我照看一下它们吧。这一阵子光忙着搬家，结果把它们忘了，不好意思。有了指令，我便惦念起了大青和它的家人。晚上睡觉，我做了一个梦，梦见大青出事了。它从院墙的下角掏了一个洞，领着家人上了国道。结果被川流不息的车流带走了。

天亮后，我急急忙忙吃过早餐，赶到废弃的庄园。打开自动门，居然不见大青和它的家人。我意识到出事了，赶紧往菜园里奔跑。依旧没有它们的踪影。于是，我回到了别墅前，寻找梦中狗洞子，结果还真在西南墙头下找到了。大青肯定是从这里带着家人奔活路去了。我昨天就该把请示老板的好消息告诉它们。我一脸的惆怅与惋惜。

我迈着沉重的脚步走上别墅的楼梯，想要在厨房里找回大青与家人的回忆。突然，我听到了厨房里传来呜呜的声音。当我顺手抄起一根木棒踹门而入，我发现了一个毛贼跪在地上求饶。他的身后是大小八只被喂食了迷魂药的大青一家人。我厉声问毛贼，大门锁着你怎么进来的？贼说，我从狗洞子里爬进来的。我说，为何选在这个时候下手？贼说，昨天饭馆来的客人非要吃狗肉。我又问，你怎么知道这里有狗？贼说，我已惦记好久了，那个洞就是我掏的。我问，你不怕进来咬你？贼说，怕。我在洞口下了索套，引它们出来，可它们就是不出来。所以，我就进来了。

无语。看看筛成一团的毛贼，再看看慢慢醒来的大青一家人。我想不出一个好的办法，给他们找到一个好的归宿。

第五辑 陈年旧事

互联网时代不需要总翻看历史的旧账，但是历史会像一面镜子如影随形。我们不知道未来的路将要去往何方，但是，我们从哪里来，经历了一个怎样的过程，对于我们每一个人来说尤为重要。历史是一片广袤的土壤，我们是一粒种子。有人说，如果没有土地，我们可以在水中生长，但是你要知道，这需要花费更多艰辛的代价才能实现。

老车夫

事就像一条川流不息的大河，人生呢就如同河中的一滴水，不管你是否愿意，它总会把你带到一个必然的去处。

想来这世上有许多解不开的谜和好多无奈的事。记得一九七八年春天，部队在京郊洼里农场种水稻，我和四名战友住在一座破旧的四合院里，房东是一位八十岁左右的老爷子。

老爷子原本有名有姓，却偏要我们喊他“车夫”，说是不好意思的话，前面再加个“老”字也行。看着他那张很称得上爷爷的沟壑纵横的老脸，听他见面后说过的唯一完整的话，恭敬不如从命了。

老车夫是和五十多岁的鳏夫儿子分住在南北两座相连的四合院里，按北京人的习惯，他住在前院，儿子住在后院。在这个看上去不大的院落里，矗着三间正房，两间西厢房，东厢房与南房还有后来听说的高门楼早已坍塌，留下来的只有半人高的残垣断壁。房屋一律青砖落地，青石瓦片盖顶，前脸儿是古色古香的白松窗明子，尽管饱经数十年风吹雨打，屋顶荒草可见，四壁罩满了绿苔，仍不失当年的殷实富足之相。这就有些像老车夫，头顶早已亮晶晶的了。身板胖墩墩的还算结实。老车夫平时不苟言笑，两块饼子头似的厚嘴唇看上去就像是一座百余年未提起过的闸门，锈迹斑斑，严严实实。一对松弛的上眼皮，如同断了线的百叶窗，既随意又无可奈何地罩在浑浊的眼球上。

几天过后，估摸地平整好了土地，上好了底肥，打好了田埂，放满了水。等土壤把水肥吃饱喝透，变成了一片沼泽，剩下的活儿就是拉“水平木”平整稻田。

北方的四月，唤来了春的气息，杨柳吐出了嫩绿的叶片，遍地生出了当年用来度饥荒的苦菜、野笊篱。黄花、白花配上绿叶，轻轻摇曳在明媚的阳光下，灰蒙蒙的大地一下子鲜活起来。吃过午饭，我们三五成群清一色的大兵们，从高矮不一的屋子里钻出来，汇聚在稻田旁。然后，以班为单位，每五个人一组，这就高挽起裤腿儿，扑腾跳进冰凉的稀泥里。“一、二、三！”我们每人抄起一根大绳斜背在肩上，一边喊着号子，一边像纽约股市交易所前的那头牛，弓着腰、憋着气、瞪着眼，拉着足足有二百多斤重的长条方形水平木，向前走去。凹凸不平的稻田，一会儿把我们绊个趔趄，一会儿又把我们陷入深深的泥窝里。腿在烂泥里艰难地跋涉，水不知不觉地浸到了大腿根部，湿透了内裤。大伙你看看我，我看看你，相对一笑，索性把长裤脱下，“嗷嗷”叫着甩上田埂。

天黑了，月牙偷偷地爬上了屋顶，窥视着老车夫院里燃起的篝火，这是我们五个大兵在偷偷地开小灶。白天劳动休息时，我们在稻田逮了半洗脸盆小鲫鱼，晚上顾不上劳累，在鱼腥的诱惑下，一个个像猫一样蹲在火堆旁。按理说，部队宿营是绝对禁止烟火的，不过，我们这是在种水稻，而且又经过了老车夫同意，我这个副班长才敢冒天下之大不韪。

经过一冬风干的树枝子，在噼噼啪啪地爆响着，须臾，脸盆里飘出了鱼腥的诱人香味儿。十分钟不过，几个家伙的口水都要流出来了，他们一边吧嗒着嘴巴，一边伸出筷子等我下令开斋。“急什么？”我故意装出一副无所谓的样子，左一巴掌，右一筷子，挡回横七竖八的胳膊，然后端起一只刷牙缸子，在众目睽睽之下，挑拣几条大一些的鱼放在里面，起身端给坐在门槛上看着我们的老车夫。老车夫摆摆手表示不要，但我坚持放下了。看着他那一身不干不净不新不旧的黑棉袄、棉裤，那张毫无表情的老脸，我想这东西他是不常吃的。老车夫吃力地起身端着鱼进了屋里，很快转回身把空缸子还给我，说：“就着火烧些水洗洗腿脚吧，不然晚上睡不好觉。”

多亏老车夫提了个醒儿，我们这才勉强睡个安稳觉。敢情小腿和脚早已被稻田里的碎砖头、瓦片划成酥瓷器皿，四脚拉叉在土坑上一躺，血往上涌，我的娘！这一夜麻酥酥地就像通上了电门。

翌日清晨，整理好内务，打扫完院内卫生，洗漱完毕，然后我们排着队去安置在大队部的饭堂吃饭。早饭过后，我和另外一名战士被中队长留下，帮炊事班去城里买菜。这是一趟美差，暂时不再受拉水平木之苦。汽车从洼边村跑进城里再跑回来，已是中午十一点多钟，菜快要卸完的时候，我忽然发现老车夫不知啥时站在车前，伸出一双满是黑斑的手，爱抚地摩挲着“解放”车的车头。我有些纳闷，但没多问。

等到插完了秧，又挠了五遍秧，我们就要回军营了。想想今日一别，不知何日才能与老车夫相见，我当时心里就有些不舍。打好了背包，净等着上车的空当儿，我去北屋向老车夫话别。屋子里光线很暗，空气中弥漫着中药的味道。我高喊着：“老车夫！”走进里屋。

“王班长你来啦！”屋里很静，我听到的却是一个微弱的声音。我下意识地想到出了什么问题，慌忙上前几步，借助窗明子射进的光亮,发现老车夫蜷缩在棉被里。我问这是怎么了？老车夫说,人老了,这病就天天找你。我说去叫村里的赤脚医生。他说不用了，我喝过中药。交谈中，我的眼睛慢慢适应了屋里的光线，这时我发现迎门橱的上方挂着一个古铜色的镜框，镜框里镶嵌着一张六寸大小的黄蜡色的老照片。老车夫见我看到了镜框里的照片，示意我把它摘下来拿给他。我照办了。照片里有一辆黑色的老式外国轿车，轿车的一头一尾，各站着两名身穿细布长袍、头戴瓜皮帽儿的年轻人。我把镜框摘下递给老车夫，只见他从袄袖里伸出一个弯弯曲曲的指头，指向其中一个人的脸（我没记住是第几位），说：“这就是我，当年大清皇上宣统爷结婚时的车夫。”他这一句话，使我感到无比惊讶。

再看老车夫，病脸上却是写满了自豪。“想不到吧，那天甭提多热闹，紫禁城内张灯结彩，鼓号齐鸣，娶亲的队伍浩浩荡荡。我呢也是里外三新，开着车在名门望族中间一走，就如同腾云驾雾一般。”我问他是不是想念那时的时光？他说风光的日子对一个人来说谁也不会忘记。我问他后来的事情，他“嗨！”了一声，说，民国期间老婆就死了，留下了一个儿子也不争气，先后娶了俩媳妇，全早早地就死了不说，也没留下个后代，家门不幸。

我们谈了很多，我知道老车夫这一生走来非常坎坷。他曾在乡里当过电工，退休后靠国家给的四十元薪金度日。“文革”中，他也被人批斗过。

部队开拔回了京城，我没有再回来。我不知道老车夫后来怎样了。我的心里一直念念不忘他那个热水泡脚的醒儿。世事就像一条川流不息的大河，人生呢就如同河中的一滴水，它不管你是否愿意，总会把你带到一个必然的去处。

一个人的大海

内心的挣扎，让我们有了切肤之痛。一次勇敢的放飞，会让你感觉到天高地阔。当幸福的涟漪湿透海水传遍全身，我体会到：野性之美，大美于天地之间；一步的跨越，让我们享用一生。

我独自一人静静地躺在海面上，四周空无一人漆黑一片。

在大海雷霆般的咆哮声中，我得到了久违的释怀。一个人在城市里住久了，难免失去野性的奔放与简单。现代人，尤其是坐在办公室高背沙发椅上的人物，整日被电脑、手机、汽车和殷勤的人们包围着，我们的躯体和才思在不知不觉中紧缩着、退化着。尽管我们天天喊着“生命在于运动”，然而高高在上、坐享其成的日子，会让我们在顺其自然、何乐不为的自我陶醉、自我欣赏中，慢慢变得身是亚健康身，心是亚健康心。谁来拯救这濒于死亡的躯体和灵魂？只有我们自己。

2009 年的 7 月，我拖着疲惫的身躯带着一颗孤独、茫然、脆弱到极点的心重返日照寻找失去的灵魂。那天夜里，当篝火在“万平口”的沙滩上即将熄灭之时，我一个人悄然离开团队面向大海走去。歌声在我的耳畔渐强渐弱，晃动的人群云舒云散，最后只剩下点点光亮。穿过砥砺心志的蓬松粗砂地带，立足于海水冲刷过的细密、坚硬的沙滩，面朝幽深的大海，耳廓中响起拍岸惊魂的涛声。

海风剥落了我的衣衫，海水打湿了我的双脚，远眺空无一人的大海，些许的恐惧袭上心头。虽然，这里的海水是我白天游过的浴场，但是，一个正常人是不可能独自一人在漆黑的夜晚下海的。怎么办？我在心里反复地追问自己，是走过去？还是回到团队中间？

远处，点点星光与停泊在海水里的货轮灯光一眨一闪，它们是在期待我做出选择。我不能退却！思忖片刻，我给了自己一个答案：一个五十岁的人还能有几个五十岁？我不再要一个唯唯诺诺的死生命，我要一个鲜活的自己。须臾，在苍穹的召唤中，在野性的热血沸腾中，当大海再次将浪花推向岸边，我连跑带飞，一头扎进了海大里。

浴海重生。当身体融入海水，刹那间我感觉到了大海博大胸怀的温暖与柔美，白天艳阳播撒的热量依然温存，就像母亲的双手摩挲着我稚嫩的肌体，一切是那样舒缓惬意。我躺在光滑的海面上，看着天上被浮云遮住的月光，心中升腾起一种瑰丽的壮美。夜空静悄悄的，海水像一个巨大的浮漂儿，将我赤裸的身体托举着，我如同襁褓中的婴儿，在母亲的怀抱里，上来，下去，左晃，右摇。此时此刻，我幻想着我是一条鱼，一条寻找人类祖先模样的鱼。天空中飘来阵阵带着腥味儿的风，吹拂着我的双眸、鼻孔和嘴巴，凉凉的，爽爽的，我咂摸一下滋味，把它咽进肚子里，然后又呼出来。须臾，我看到天上的云把午夜的月亮请了出来，整个海面的上空出现了一片古铜色的美景。

没有一点异样的嘈杂，只有海浪的轰鸣声。没有钩心斗角的世界，只有我一人拥抱着苍茫的大海。当幸福的涟漪湿透海水传遍全身，我体会到：野性之美，大美于天地之间；一步的跨越，让我们享用一生。

云追月，月追云；浪逐水，水逐浪。无边的遐想在我的脑海里汩汩溢出潜入海底，形成海浪，涌出海面，冲向海岸，于是，那些焦急等待我归队的朋友们，收到了一朵朵幸福的浪花。

英雄是怎样落寞的

道德底线一旦失守，人类将陷入混乱状态。因此，弘扬主旋律，坚持正确的舆论导向，才能让好人任平常不再落寞。

爬上山顶寺的人

新婚初夜，任平常说，他就是那个扔在人堆里挑半天也挑不出来的其貌不扬的董永，老天爷让他捡了个七仙女。妻子不这么看他，说，我家平常不平常，素面不着虫儿，心静学问深。岳母不买女儿的账，说，你快拉倒吧，就我闺女这模样，闭上眼满大街划啦，随便摸一个都比他强。街坊老邻说，平常这孩子自小实诚，赶上个俊媳妇，好人有好报。妻子单位上的人说，肥水流进了外人田，一朵鲜花插在了牛粪上。平常的朋友说，鞋大鞋小脚知道，咸吃萝卜淡操心。

新三年，旧三年，凑凑合合又三年。时间一长，人们的舌头短了，想法少了，该干吗干吗去了。任平常恢复了平常。他照旧骑着自行车去报社上班。上班的第一件事就是打开电脑，浏览信息，然后就去他认为有采访价值的地方采访。当年的妻子就是他在网上搜索到的采访对象。妻在一家小广告策划公司当模特，因为没受过专业训练，干了三个月，虽说亭亭玉立，但总不出效果。就为这，老板不给工资。任平常觉得这事不平常，也不公平。于是，采访、登报，老板服了输，给了工资，高调道歉，态度诚恳的让别人都不好意思。一来二去，任平常的“犀利”便生情，抱得美人归。

给力，真给力！人这一辈子能把事情做到这种地步真好。那位说了，人走了运想不红都难。忽然就有这么一天，广告策划公司老板给报社送来一面锦旗，还带来了一大帮电台、电视台的记者。老板对报社领导说：感谢任平常记者在报上登了我的事，前来应聘的模特络绎不绝，他们说我懂专业、讲诚信，公司一下发了。对于这突如其来的事情，领导蒙了。任平常却不动声色，说，《劳动合同法》今天刚颁布，老板好有脑子。老板笑了，同时拿出一大笔钱，当即成立“扶危济困基金会”。

报社领导突然醒过神来，赶紧组织编辑记者采访、上头条。稿子刊发不久，上级报刊连载不断，省委领导亲自打电话到市里赞许有加。一时间，任平常成了报社的功臣。

任平常被领导一再加官晋级得到表扬，他这心里美滋滋的、热乎乎的。于是，工作更加卖力。一日，网上搜索到一女孩卖身葬父。于是动了恻隐之心，任平常费尽千辛万苦找到了女孩，正要采访。不料女孩双腿下跪，伸手向她索要采访费五千元。不然，以嫖客非礼相要挟。任平常被当头一棒，有嘴难辩，直呼上当。无奈之下，将随身携带的两千元给了女子，以平息事态。谁料此举竟被偷拍上网，转手成了罪证。

一时间，任平常成了千夫所指的大色狼。任平常英雄很快便从成了狗熊。郁闷，落寞，英雄不问出身，狗熊却有了出处。人世间的舌头咋就这么大，这么重呢？啪啪一说，就像脖儿乖，正的扇歪了，歪的扇正了。痛定思痛，任平常做出了不平常的举动，沉默是金，以不变对万变，大口罩一戴捂上整个脸，上班，不与领导和同事说话，下班，不与妻子一般见识。

时间是一味狗皮膏药，久了，啥味也就没了。任平常的平常举动，就像是威力巨大的法宝，熬磨得妻在家好话说尽，只求他开口说话，上床睡觉。领导在单位上，左哄右劝，求他赶紧找新闻线索，早日见报。任平常依旧无语。问得多了，只是一句话，我浑身是嘴也说不清，我干脆不说。妻说，你不说我说，我认了还不行。领导说，千错万错都是我们的错，你只要给我们找个新闻点就行。原来都是既得利益惹的祸，我招谁惹谁了。任平常在家看着妻，在单位看着领导，纠结的心无法豁然开朗。无奈之下，他强打起精神，泡在网上寻找答案。终有一天，他发现一则消息：说，一个老者天天在公园的门口拎一桶水，握一只墩布大小的毛笔，在精装修的花岗岩条石地上不厌其烦地写毛笔字。他觉得好奇怪，得空过去一看究竟。原来老者翻来覆去地写着几个字：天下本无事，庸人自扰之。

名　字

一个父母给的名字，在不同的历史阶段经历了喜怒哀乐就像传说，现实让我们认识了这个世界的变化无常，就像是万花筒，让人觉得不可思议。

衣锅粥的名字是他爹给起的，虽说叫着有些不雅，但是字糙，人不糙。这不是一个笑话，也不是一个故事，更不是为了编小说而特意安排的情节。这是一个非常严肃的事情，一个承载着身家性命和希望的名字。1963 年，华北连降大雨，地处白洋淀下游的任河大洼，顿时蛙声一片。在这危急的时刻，上级做出决定：为了祖国首都北京和大都市天津的安全，炸开千里堤放水分洪。我的娘啊，一夜之间水漫金山，老区变成了一片泽国。这一淹可不得了，刚经历了瓜菜代的冀中中部平原，就像一条破船遭遇了顶头风。一场洪水，让这一带的老百姓们硬是瘪着肚子拉硬屎，憋了好几年的这口气才顺过来。

话说当年大洼里有一位中年村妇，黢黑焦瘦，挺着九个多月的大肚子，人形变成了大肚子刀螂，只需找个干枣枝，便成正果。虽说生了六个孩子轻车熟路，但人成那样子，唯恐半路上耗尽最后一点力气母子双双歇菜。于是，当家的衣姓男人这就打扫净簸箩底儿上的最后一把粮食，又从自家备用的磨眼里抠出一把糁子，寒冬腊月里一家人围着六印的锅台，每人弄了一个水饱。女人吃完粥后，有了力气，一使劲把肚子里的老七生了出来。是个带把儿的，满头大汗的女人满怀希望地说，说不定那片云彩有雨，起个名字吧。男人看着嗷嗷待哺的儿子，想都没想，说，就叫衣锅粥吧。女人说这名字好，天天有粥喝，小命就保住了。

你还别说，这衣锅粥给一家人带来了好运气。1964 年国家经济开始好转，1965 年迎来了大丰收，接下来年景也不错，衣锅粥像气吹的一样，很快长成了一个大胖小子，而且聪明绝顶，年年在学校里考第一，恢复高考的第三年，啥劲也没费，一不留神就进了省师大。大学毕业后回到县城教学，从高一到高三，还没带出一个完整的毕业班，组织部一纸命令，把他调到教育局当了局长，不到一年，局长的宝座还没坐稳，一个鲤鱼打挺，就到市局当了副局长。那时候高学历就是人才，管官的官几乎全是老粗，他们对衣锅粥这个名字情有独钟。衣锅粥做梦也没想到，二十多岁就当上了副局长。这真是老衣家的祖坟上冒了青烟。

然而，十几年过去了，老领导们成为过去，一下子带走了衣锅粥的好运气。一天开会，比衣锅粥还要年轻许多的分管市领导说，名字就是品牌，品牌就是形象，衣锅粥这名字叫着别扭，是否改一改？衣锅粥说，身子和名字都是父母所给，怎么好说换就换？领导说，大政方针还可以调整呢，一个名字有什么不好改的。衣锅粥想想也是，答应会后照办。

于是，衣锅粥坐在办公室里，开始起草更名请示。然后派秘书送到分管市长那里签字，然后再到组织部、人事局、民政局，转了个一溜八遭，衣锅粥发现原来起名字容易改名字难。户口本、身份证、各种有文字记载的履历、任命等，都要改头换面，而且最后还要在报刊公示。难，太难了，几番折腾下来毫无结果，自以为是的衣锅粥就悄悄地打了退堂鼓。他觉得一个名字既不能吃，又不能穿，改不改意思不大。后来，几次开会他碰上了那位领导，问他名字改的怎么样了？他也只能含糊其词地说，快了。此事告一段落。

冬天到来的时候，市委班子换届，那位一直关注着衣锅粥名字的领导当上了书记。恰在此时，局长退居二线。就在科长们依次来到衣副局长办公室提前为他道喜时，一道命令免去了衣锅粥的职务，他由副局长改为调研员。衣锅粥有些发蒙，他找到市委楼上，偷偷问了一位常委。常委偷偷地告诉他，书记说，有人看上去很老实，其实很会阳奉阴违。

丫　哥

丫哥本来口才很好，可他就是不说。在我的一再动员下，这才勉强张开尊口。记者问：请谈谈致富的秘诀好吗？丫哥回答：你们少来几趟就都有了。

儿子娶媳妇，难坏了我这当爹的。儿子说，头车一定要一辆 7 系白色的宝马车。想想全县只有丫哥有一辆这样的车，我真是苦不堪言。在家人的一再逼迫下，思忖再三，为了儿子体面，我豁上了这张老脸。

说起来，有些年不与丫哥来往了。丫哥住在白洋淀边上，北京城里有车、有房。丫哥不是外人，他是我的一个远房表哥，全名叫王丫头。冀中平原这一带，在过去有个习惯，凡是在家受宠的孩子，都取一个稀奇古怪的名字，据说为了好成人。丫哥在家最小，上面有五个姐姐，爹娘憋宝一样才把他憋出来，所以从小娇生惯养，横草不拿，竖草不沾，八岁还梳着个小辫在娘的怀里吃奶。18 岁高中毕业那年，别人背着被卷回了家，他把被卷卖了五块钱，在县城花一块钱下馆子吃了顿饱饱的肉杂烩，剩下的钱割了 5 斤肉拎着回了家。一进村，老墙根底下晒暖的爷爷奶奶叔叔大爹就拿白眼翻他，不时地还从烟袋嘴里冒出一句，败家子！

丫哥命好，他不仅生在了一个爱他的好人家，而且赶上了一个适合他的好年代。1979 年土地承包后，丫哥没力气，所以就不种庄稼，他把自家分到的好良田置换了白洋淀千里堤脚下的一片盐碱地。村里人笑话他脑子里进了水，他却诡异地一笑不予理睬。时间不长，丫哥雇人挖地打埝，利用堤漏养起了雪白的北京种填鸭。不过半年，一个蛋，就是一袋子白面，一只鸭子可以买到一头驴的价钱。

丫哥发了。村里人由不理解到有些眼红。于是，当有人发现喂填鸭的饲料激素超标上了广播电视时，一村人不约而同地围着丫哥的鸭塘指手画脚等着看笑话。此时的丫哥着实惊慌失措了一阵子，进京下卫没少花心思挽救这些金贵的生命。然而于事无补。最后丫哥决定把所有的种鸭杀掉卖了肉鸭，用赚来的钱，买了麻鸭，天天喂小鱼小虾，生产纯天然的红心鸭蛋销往京城。

丫哥凭借智慧的脑袋，不仅化险为夷在北京站稳了脚，而且带动起相关的白洋淀产品大举进军京城。丫哥发大了。可是，好事多磨。不久京城的各家新闻媒体，不知为啥跟鸭蛋又过不去了，“苏丹红”这名字成了红心鸭蛋的代名词，占据了新闻主要版面，着实让京城的某些人出了一口恶气。一时间，来自白洋淀的鸭蛋、松花蛋纷纷下架，顷刻间丫哥面临着一贫如洗的境况。有人高兴，有人愁。就在丫哥准备打道回府重新想方法时，专家说话了，红心鸭蛋的红不是“苏丹红”。

这话说的是20世纪90年代末期，我在县委宣传部当副部长，分管宣传工作。为了落实省委宣传部《保北京绿色通道畅通无阻》明传电报精神，我整天挖空心思找亮点。一天，我忽然想到了丫哥，可他却不配合。好话说了一白洋淀，总算答应了，于是我急忙带领省电视台的记者前去养鸭基地采访。人到后，丫哥细白的脸上覆盖着一层黑气。我知道，他大概还没走出“苏丹红”的阴影。记者看他那模样，问我主人是不是不高兴？我说，庄稼人没上过电视，有些紧张。于是，不管丫哥脸上是阴是晴，我照样引领摄像师把他的麻鸭基地拍了个遍。拍摄将要结束时，记者想请他谈一点经验体会或发一点感想录个同期声。丫哥本来口才很好，可他就是不说。在我的一再动员下，这才勉强张开尊口。记者问：请谈谈致富的秘诀好吗？丫哥回答：你们少来几趟就都有了。

丫哥终于说出了对我们的不满。热脸贴冷屁股，尴尬。我说你这么大人了，怎么尽说些不着边际的话？丫哥耷拉着脸不理睬我。我愤怒异常，可又找不到发泄的理由。唯一能做到的就是带着记者马上离开，叮嘱他们这条新闻不上也罢。

可是，第二天晚上，省台依旧播出了采访丫哥的新闻，而且原汁原味。我打电话探问究竟？回答：省里为挽救“苏丹红”

带来的负面影响顾不得那么多了。无奈，无语。新闻播出后居然受到了省领导的高度关注与表扬，而且还转登在了省报上。几天后，丫哥看到报纸，居然厚颜无耻地打电话奚落我，说，你得感谢我，是我给你争了荣誉。我说哪凉快就到哪歇着去，以后咱少来往。

说是说，笑是笑。忙，都忙。就这样，我们莫名其妙的长时间断了联系。

窗

先富起来的支书，在自家后房山开了一个窗口，被不明真相的群众所误解。待一切真相大白后，人们感谢支书为落后的意识打开了一扇窗。

支书高顺在自家后房山开了一个窗。这个小小的举动，把个一向安分守己、穷得出名的小安庄搅开了锅。

三婶从东家嚷到西家："这不是明摆着欺负人吗！这不成心要把二子家的风水冲跑吗……"

"挺明白的个高顺，怎么办起傻事来哩？"有人附和。

"哼！还不是仗势欺人！"

高顺家的青砖老房后身，隔着一丈多宽的伙巷就是二子家。这二子爹和二子娘是村里有名的老实人，一没手艺，二不会算计，土里刨食，日子过得紧巴巴的。前年多亏高顺帮忙，给二子找了个倒插门的媳妇,这才了却老两口儿一辈子的心事。

高顺家开后窗，老两口儿下地回来就看见了，本想过去说道，可又不敢在太岁头上动土，况且又得过人家好处。虽说开后窗在农村是一大忌，可也只好坐在屋里生闷气。

“大侄子在家吗？”

听到有人喊，二子爹和二子娘赶忙迎了出来，“哟，是三婶啊。”

“嗬，我当你们都死了呢，敢情还有口气，外边都嚷翻天了，你们倒坐得住？”

“这……”

“大侄子，人家都骑着你脖子拉屎啦！”三婶喝下二子娘送过的一碗凉水，“这窗口对着门，必定死人；前窗对后院，一辈子倒霉蛋。这些他姓高的不懂？我看他是欺负你们太老实。”

“就是，就是。”

“去，给他堵上！”

“这……”

“怕什么，天塌下来有婶子顶着！”

……

三婶走了，二子娘说：“我看三婶说的也在理儿，咱也不能太老实了。”

“那你说怎么办？”

“咱也别打架，也别吵，跟支书好好说说，白天挡上，晚上再打开行不行？”

二子爹没吱声。

“要不，”二子娘转身从老式梳妆台上拿起一面锈迹斑斑的镜子，用大襟擦擦尘土，“把这挂到门上吧，避避邪。”

“管用吗？”

“灵着呢。”

“我不去，要让支书看见这照妖镜……”二子爹这话就像从地里冒出来的。

“挂低点，别声张不就行啦？”

二子爹怔怔地又呆了一会儿，“嗨！”他突然使劲把烟袋锅往门槛上一磕打，起身走出了屋，猫腰在院里拣起半块砖头，随手又拉过一条旧板凳，站上去，“砰砰”把钉子钉进门楣，然后接过“照妖镜”背北面南挂上去。

“嘿，他爹，歪了。”

“这样儿？”

“嗯，往西点，多了，再往东点……”

“穷喊什么？让人家听见……”二子爹心里一烦，脚头子一偏，板凳一趔趄，“扑通”一下摔了下来。这下可真叫高家给妨着了！二子爹一骨碌从地上爬起来，满肚子暗火蹿起了火苗：“高顺啊高顺，你碍我的眼，我也不叫你气顺！”二子爹气哼哼地奔了出去。

“你回来！”二子娘一把没拉住老头子，在院里转了两转，随后也追了出去。等她绕过影壁一看，愣了：

二子爹正倚在门框上看电视呢。

原来，村里只有几家有电视，人们又不爱上门打扰，于是高顺想了这么个法儿，在墙上开个“电视窗”，让大伙一起开眼界。

小　镇

矫枉必须过正。第一个吃螃蟹的人必须付出被钳夹的痛苦，另外，在摸着石头过河的年代，步步惊心，是一种新常态。

小镇很穷，穷得冒烟，一条街就像一棵伤痕累累的枯槐树。小镇人很土，土得掉渣，那年来了个戴太阳镜穿牛仔裤的女人，“阿飞”长，“阿飞”短，津津乐道了半年。小镇人很知足，他们背靠大山，山上有的是铜，但他们懒得开采，见面就一句话“吃了没有”，其他相安无事。

这天，县里派来一位新镇长，姓孙名长旺，三十四五岁，相貌平常，只是那双话到神儿到的小眼睛有几分与众不同。

这新镇长上任后的第一件事，就是说服了党委一班人通过了一项震惊小镇的议案：贷款一百万元，在镇中心建一座高级宾馆。尽管争议很大，但他有言在先：后果自负。大家相互看看，也就默许了。

振聋发聩，小镇人拭目以待。

三层楼的“迎宾饭庄”落成了。镇长又故伎重演说服了大家，花高薪从省城请来了两位厨师和几名标致的服务员。

小镇人坐不住了，他们说东道西，大有赶走新镇长之势。

“败家子！”有人骂他。

“扫帚星！”有人咒他。

“自掘坟墓！”有人幸灾乐祸。

霎时，风风雨雨，冰刀霜剑，劈里啪啦都摔打在新镇长脸上。

退却？不，没这个习惯，新镇长脸皮厚，小眼一聚光，一切都变成耳旁风。他依旧我行我素，拍板贷款5万元托人买了一辆小“上海”，出山进城有了自己的专座。

时逢周六，小“上海”出了山。几个小时后，勾来了一串“尼桑”“皇冠”“桑塔纳”。什么部属铜厂的经理，省属金属制品厂的供销科长，还有县农行、工商行的头面人物，统统请到“迎宾饭庄”。于是马拉松式的宴会开吃了。先上拼盘，再上海货，最后是北京烤鸭、甲鱼汤；吃饱喝足，人手一条“大重九”。工夫不长，一桌才500块。

如此，每周六必请，每请新镇长必陪。

小镇人终于发怒了，他们一百个不能容忍。县、地、省逐步升级上访；电报、电话、信函立体控诉。

县里来人了。地区来人了。省里来人了。查来查去查不出个子丑寅卯，最后听一听党委汇报，一拨拨打道回府。

周六，“迎宾饭庄”照吃不误。

不过，随着时间的推移，小镇发生了微妙的变化，一批批能人从祖国各地云集这里，小镇失去了淳朴的单一色，变得花里胡哨起来；小镇失去了慢节奏的乡音，整日里充斥着高低起伏的南腔北调。

不久，小镇办起了一个又一个铜采矿厂。很快，小镇又上马了铜冶炼厂。

小镇人疑惑了，他们第一次开始怀疑自己。他们不再用冷冰冰的眼光去看新镇长。从此小镇又恢复了平静，当然，这平静只保持了一会儿的工夫。

翌年，小镇爆发出头号新闻，采矿厂年利润一千万元，冶炼厂也正式投产，小镇沸腾了……“镇长，去厂里了？”

“不，去电大考试。”孙长旺走在街上，小镇人认可了，他不是祸星是福星。

“企业家同志，请谈谈小镇致富秘诀。”在办公室，记者蜂拥而至。

镇长习惯地抹一把瘦成一条的脸，下意识地看一眼浓硫酸厂和铜线厂的模型，眨眨放光的小眼睛，脆生生地说道：“信息。”

……

总想长胡子的男人

虚荣心或多或少每个人都有，但是为了形式而不顾内容，那就是病。问题不仅是面子工程，更主要的是变态心里所带来的后患无穷。

大清早，准备走马上任的小镇书记郝荣光对着穿衣镜左照右瞧，喜滋滋得又是挤眉，又是弄眼。

“行了，别臭美啦。”漂亮的媳妇端着饭菜从厨房里走出来。

“是是是，嗳，夫人，今儿个第一天上任，你看这形象如何？”郝荣光说完，立马把满脸堆起的笑纹疏散，白白净净的圆脸显得平平坦坦。

“像个书记派儿，只是……人常说，嘴上没毛，办事不牢。你虽有官派儿，却没有官相，如果这张脸上再有两撇八字胡，啧啧，那才有风度呢。”

媳妇一句戏言把郝荣光说得无话可说。就是么，是男人就该长胡子。

吃过早饭，郝荣光带着“男人与胡子”的问题到小镇上任去了。当他走进镇办公室，副镇长以上的干部早已恭候多时了。大胡子镇长说了几句热乎乎的话，算是开场白，随后便是他作施政讲话：“同志们……”刚讲了几句，他忽然发现人们不约而同地注意上他这张脸，继而，目光又聚到他那一根黑毛也没有的嘴上，他感到浑身不舒服。于是，莫名其妙地抬起头，打量一下桌前就座的人们，不禁倒吸一口凉气，我的妈，怎么脸上全是黑青青的胡子茬？

自从当上了小镇书记，郝荣光虽说腰直了，肩宽了，脸儿却日渐消瘦。有人说：这是新官上任的第一反应。媳妇说：这是走向成熟与威严的第一步。其实，心中难言之苦只有郝荣光自己清楚。

这天郝荣光从小镇乘车回到城里，人没进家，先去了理发馆。小个子张师傅把他安顿在理发椅上，不到20分钟，完活了。

“嗳，慢。胡子还没刮呢。”

“刮胡子？”小个子张师傅顿感莫名其妙。

“嗳，对了，把这几根黄乎乎的汗毛刮了，别让它在这丢人现眼。”郝荣光自嘲地甩上一句，坚定地把头放在了椅枕上。

从理发馆走出来，郝荣光感到一身轻松，因为他听人说：只要我多刮上几遍脸，胡子就会长出来。

然而，事与愿违。半年过去了，郝荣光的嘴巴上依旧亮晶晶的没有毛。这一日，心事重重的郝荣光去医院看望患肝炎的同事。相见后，他突然发现这位仁兄嘴上、腮帮上，长出了一层茂茂实实黑黑密密的胡子，而那胡子盘根交错，大有发展趋势。“哟，老兄，几日不见，脸上添彩啦。”郝荣光见个笑。

“嗨，不知怎么搞的，吃了一阵子激素，这玩意就蹿出来了……”仁兄下面还在喋喋不休地倾诉着长胡子的苦恼，郝荣光的耳朵里却只装进“激素”二字。

一年过后，小镇工作一如老和尚的帽子平平塌塌，郝书记的脸上却收获了一片黑压压的胡子。人呢，也胖得浑圆魁梧了，嘿，一走路那真叫大将军八面威风：挺胸、抬头，双目炯炯有神。

退伍大兵轶事

机遇虽然能给人地位、权力和金钱，但永远不能给人智慧和做人的尊严；机遇的失去可以使弱者平庸地度过一生，但永远阻止不住强者的崛起。

晌午，运送我和二十名新兵的专车在平原镇一家“德生财”小饭店刚停下，一位身着旧军装，体态丰腴的大嫂便迎了出来。她笑容可掬，举止得体，“辛苦了，请……是你，小王！”“薛台长！”我们几乎同时认出了对方。我握住她那厚实的大手，做梦也没想到在这儿会遇上老上级，阴差阳错也没料到她这样一位全军区闻名的电传打字好手竟然没有被请进电信局，而是当上了老板娘。“好哇，当官了也不给大姐来封信，忘就是忘了，别找客观原因，这样也好，免得让弟妹不高兴。”说完她哈哈笑了起来，还是老脾气，当着新兵也不给我留一点面子。

这使我想起了三年前的一天，我从集训队毕业分到了通信连，连长把我带到一位扎小辫子的女兵面前介绍说："四台长……"

"薛三曼，代理台长。"身高足有一米七十的她向我伸出一只细长的大手，"代理"两字说得很重。

她，我的顶头上司？浓眉，小眼，高颧骨，尖下颌，不知是长相使人难以接受，还是第一次和女兵接触，我的手躲在袖筒里试了试没敢伸出来。

"人不大，思想挺顽固！"她一把攥住我的手，硬是把它拉了出来。

……

寒暄过后，我们在一阵的张罗中坐下，她带着歉意地笑笑做饭去了。看着她的背影，我想起了一件往事。

记得国庆节那天是我值班。节前会餐多喝了几杯，晚上又晕晕乎乎多甩了几把老 K，什么时候躺下的我都记不清了。不知过了多久，我忽然梦见红桃大尖飘飘忽忽突然向我飞来，一下扎到我的脚丫上。"啊呀！"我"噌"一下坐了起来，天呐，不知哪位用火柴炭棍给我打了"火针"。"笃笃"，门敲了两下，"稍等"二字未出口，她就走了进来，"懒鬼，太阳都照着屁股了还不起！"听着这刺耳的高八度，摸一摸脚上的水泡，再看一看她恶作剧后的得意面孔，一股无名火陡然升起。我刚要发作，只听得挂钟"当当"敲了十下，"嗡"，我的头发顿时炸了起来。九点联络，现在整整晚了一小时，按通规通纪受处分是肯定的了。我慌慌忙忙穿好了衣服，企图找回补救办法。"站住！"她一嗓子竟把我震呆了，"我早给你联络过了。"她说得那样轻松，我却像遇到了大赦，绷紧的胳膊、腿立刻软了下来。是感激？还是为侥幸而庆幸？我真想喊一声："谢谢大姐！”但话到嘴边，一看她那久晴骤阴的脸又咽了回去。“别以为当了三天半报务员就觉得差不多了，平时不训练，值班睡大觉，俗话说：‘一年基础，二年巩固，三年提高’，就你这样子？哼！”说完她撇撇嘴走到训练机前“嗒嗒嗒嗒”敲了几十组报文。节奏均匀，快如风。这炉火纯青的技艺使人大为折服，这有力的打字声震颤着我的心……

油香扑鼻而来，强烈的食欲冲散了回忆。“劳驾了，各位挤一挤，给新兵同志们腾个地儿。”她从里屋端着挑盘走出来，边喊边把一大碗肉沫烩饼放在我面前。“嗯，不错。”我狼吞虎咽了小半碗后说。这不是奉承，在一起相处一年我也没说过她一句好话。听了我的话，她自信地点点头，高兴地打开了话匣子。她告诉我：刚回来时安排她到一家小厂上班，不称心。于是停薪留职和丈夫开了这个小吃店。他也是个退伍兵，中午外购没回来。她们的日子很富裕，已经成了超万元户，只是三年来只参加过一次组织生活会。再有等政策允许了她还想再要一个孩子。从她丰富的表情里，我仿佛看到了一颗永不满足的心在“嘭嘭”跳动。我默默地倾听着，顿觉一阵热乎乎的东西溢满眼底，我为部队失去这样一位好同志而深感遗憾。和她相比，我算什么呢？只靠年龄上的优势考进了军校提了干，看来命运的安排太不公平了。

饭很快吃完了，话却正在兴头。无奈何，官差不自由，我只好起身算账。“二递二是四，四块四。”她熟练地拨弄一下算盘说。“这怎么行？”“就这些！”她面带愠怒，几乎是在下命令：“当兵的苦衷我清楚，钱就这样收了，不过剩下的旅途补助你不能充公，得给新兵们在路上买点水果吃。”

难得她还想着大兵们，我还有什么可说的呢。

汽车启动了。载着一个老战士的情分上路了……我这样说：机遇虽然能给人地位、权力和金钱，但永远不能给人智慧和做人的尊严；机遇的失去可以使弱者平庸地度过一生，但永远阻止不住强者的崛起。我这样想：人们只喜爱赞美功成名就的英雄，殊不知那些无声无息把青春献给部队的退伍大兵们也是可敬可爱的人。希望人们不要忘记尤其是不要忘记那些还在为生活而奔波的退伍大兵们！

今天，我郁闷了

有许多事情剪不断，理还乱。世界太复杂了，一个小的人际关系，就搞得我们晕头转向，何况更深层次的东西。所以，人要学会简单生活。

春天里的风吹到哪儿都是暖暖的。正午时分，当我第一次登上开往特教学校的3路公交车，心里荡漾着为人师表的惬意。我是受邀给那里患有自闭症的孩子们，讲授环境对智力的影响课的。起初，心里非常忐忑不安。别说我一个心理学业余爱好者，就是世界上顶尖的专家，也还没有更好的方法解决这一难题。

车停在站牌下开了前门，我让身后的一位老者排到了前面，随后上车。

“刚上车的，请打票！”

司机漫不经心地大声地吆喝着，模样很奇怪。我看看他，心里有些不舒服，莫名地认为他这是在说我。可是，转念一想我又没做错什么，于是，坦荡荡地找了一个座位坐下，等待售票员来卖票。

“刚上车的，打票了。”

司机关好车门，再一次冲着我的方向提高了音量。我感到茫然，环顾四周乘客，不知所措。这时对面一位抱孩子的妈妈对我说，“自动投币，无人售票，一块钱。”

哦，我终于发现了立在前门旁边的那个不锈钢柜子，不好意思地走过去，把一元硬币投放进去。

司机看看我，不再说话，车开了。

“谢谢！”我回到座位，面对年轻的漂亮妈妈，心生感激。她说，公交车今天是第一次实行无人售票。

我若有所悟地点点头，眼神下意识地寻找着还没有投币的老者。车到下一站，老者起身下车，我想他大概忘记投币了，正在寻思是否有必要给他提个醒儿，忽然发现他脖子里挂着一个蓝色的牌儿，上面写着“老年乘车免费证”。老者微笑着地下车了，引来乘客羡慕的目光。不知者不怪。我很快原谅了自己，心情随之平复下来。须臾，我感到我被一对灵动润泽的大眼睛锁住了。

“阿姨。”

小女孩在对视下有些害羞，她翻转身，冲着漂亮妈妈居然喊着阿姨。女孩只有一岁半的年龄，红红的小嘴，粉白的小脸，又黑又圆的眼睛好像两滴出神入化的大墨点。

“丫丫，叫姐姐。”漂亮妈妈，拿下了女孩放在自己嘴里的手，在女孩的脸蛋上亲了一口说。

姐姐？女孩看着她，没有出声。我也感到有些诧异。

有乘客上车、下车。司机再次大声提示，“前门上，后门下，买票投币。”女子身边的乘客下车了，这时从后排跑过来一个十多岁的男孩坐在了空位上。孩子相见，顿时热闹起来。女孩把一只小手放在了男孩脸上抚摸，嘴里不停地喊着，“哥哥。”男孩亲吻着女孩的小胖手，始终没有答应。越是这样，女孩就越叫个不停。

“丫丫，不能叫哥哥，”漂亮女子指指女孩，再指指男孩，很认真地说，“要叫舅舅。”

舅舅？女孩没有出声，小嘴一张一合，不知如何是好。突然，她发现了还在注视着她的我，于是，冲着我伸展开两只小手，兴高采烈地“妈妈，妈妈”叫个不停。

对于这突如其来的亲昵叫声，我有一种幸福感。我伸出双手，想要把这个可爱的小精灵揽在怀中。

可是，漂亮女子却阻止了眼前发生的这一切。“丫丫，她不是妈妈，叫阿姨。”

阿姨？女孩再次沉默，看看我，再看看抱着她的女子，比较再三，她居然叫了一声，“姐姐。”不再说话。

公交车还在一路前行。车上的人们在丫丫的反常举动下变得愕然与沉默。这种逻辑上的称谓混乱，驱使我必须把它搞个明白。

“上车，请投币。”司机的提示比我刚才上车时温馨了许多。我问漂亮女子，你为什么让她叫姐姐？女子说，这是我叔叔家的女儿。他呢？我指一指男孩。女子说，他是我后妈的弟弟。我问，小姑娘为何见到我叫妈妈？女子说，我的叔叔和婶婶出国工作了，丫丫暂时由我来带，她有半年没见到爸妈了，所以有时一见到年龄相仿戴眼镜的漂亮女同志，就会喊妈妈。

我被她的话说得有些脸红，内心却有一种强烈的认同感。

说话间，我看一眼女孩，女孩在注视着我。此时此刻，我真心希望女孩喊一声妈妈，给她一个温暖的怀抱。可是，女孩忽闪着一对大眼睛，半天没吱声。半个小时后，我到站下车，女孩依旧两眼惊诧地看着我，没吱声。

“妈妈？阿姨？姐姐？”走下车门的刹那，我听到了女孩喃喃自语的叫声，我回头看了一眼，突然感到有些郁闷。

第六辑　小城童年

每个人的童年都是五色斑斓的。关键是我们记住的是哪一段的一抹云彩。认识上的美好，黑白也会着上美丽的姹紫嫣红。认识上的龌龊，色彩也会变得阴暗寡淡无味。所以说，主观认识对客观的影响尤为重要。人生十有八九的不如意，关键是我们如何将这一、二分的如意，延展到整个人生，这才是最有意义的事情。

马家茶馆

一座小茶馆，就是一爿天地。地方虽小，却承载了小城人的欢乐。童年的记忆虽然青涩，但回味清香悠长。

20 世纪 60 年代中期，我们家搬到了一座偏僻的小城。在小城的一隅，有一家专供开水的“马家茶馆”，我的家就住在它的斜对面。

爬上山顶寺的人

一天放学回家，姥姥递给我一小截半寸宽、两寸长、上面烫着圆圈圈的竹篾管，左嘱咐，右叮咛："从今往后要学着打开水，记住：这上面一个圈的打一壶水，两个圈的打两壶，三个圈的打三壶，千万别找错了。今儿这是一个圈的，不用往回找，记住了吧？"我点点头，接过暖壶和水牌儿，一路不高兴地向茶馆走去，因为姥姥今天忘记给我一分钱买糖了。

茶馆临街而开，门口高挂着一把拴着一条说不上是黑还是红绸布的铁笊篱。后来我才知道那叫"幌子"，用来招揽生意。二十来平方米的茶馆里，四壁黑黑的看不清墙山的本来面目。右面的地上一溜摆着三口半截埋在地下的大水缸，左面是半人来高、两米来长的水灶，上面一溜排开二十把上粗下细的两个圆柱粘在一起的大锡壶,壶的下部圆柱体全部渗到火眼儿下面，为的是受热快。

我走进茶馆的时候，正是正午时分。打水的人很多，我学着前面大人的样子，把壶放在地上排好个儿，然后站到一边。这时只见一位花白短发、满脸煤黑的瘦高个老大爷坐在小板凳上，青筋暴凸的双手紧紧握住大风箱的双柄，用力地推拉着，随着他那弯弓似的腰一张一合，大风箱呼呼作响，灶里的火苗子一蹿老高。

水开了，一壶、两壶……周身精瘦、微微驼背的老奶奶，赶忙把开水壶拎下放在后面，然后把中间的壶往前赶一赶，补上空位，随后给顾客注上开水，之后灌上凉水，再把最后面的壶往前赶一赶，然后把凉水壶放在刚腾出的火眼儿上。如此循环往复，我想是为了尽可能节约能量的缘故。

"马大爷，我来。"一位打水的大哥哥接过风箱的木柄。换下老人家好腾出手给人们灌水。

水一壶接一壶地灌满，拉风箱的人换了一个又一个。过了大约五分钟，该轮到给我灌了，于是我从一位叔叔手里接过了风箱，风箱很大很沉，我必须用尽全力才能拉动。一下，两下……不禁引来人们一阵善意的笑声："我来吧，小同学。"一位胖胖的阿姨提前从我手里接了过来。水灌满了，我伸手从兜里摸水牌儿。"嘿呀！"我差点哭起来，"我的牌儿丢了，这可怎么办？"我从屋里找到门外，仍不见下落。我想保准是在路上不经心给弄丢了，这可是花两分钱买得呀！

怎么办？我不知所措地提起地上的暖壶，小脸就像一个大问号看着白发苍苍的老奶奶和马大爷。

"小伙子，提走吧，下次来补上就行啦。"马大爷和蔼地对我说。

我尴尬地提着壶走出马家茶馆。

一晃过去了十多年，来来去去，我不知又有多少次进出过这个令我难忘的小地方，可是不知为什么，后来日子好过了，马家茶馆却不知不觉地关张了。自然，人与人之间那份淳朴的真情也不多见了。

……

多想那二分钱一壶的滚烫开水。

多想那给小城人带来方便的马家茶馆。

拾柴火　换模子

儿时的玩伴和场景，会伴随一生的回忆。因为，那是一颗

稚嫩心灵的归宿，幼小生命的相守并成长的标杆和地方。

拾柴火，换模子

拾不了来，换不了去

家里小孩直淘气

……

每当想起这首儿时的《换模儿歌》，心头不觉滚过一阵阵难以言表的温馨。三十个春秋如过眼烟云，留在记忆中的只有那咀嚼不厌、充满苦辣酸甜的往事。那时节，家家都穷，人们穿的是粗布衣，吃的是红高粱、黑山药面。那时的孩子们别说是打游戏机、玩电动车，就连二分钱一个的“锄锄薄儿”（一种容易吹爆的简易发声玩具），也都嘟囔父母半天才能买上一个。于是，生性好动的孩子们整天与取之不尽的黄胶泥打上了交道，这便有了“补破锅”，有了“拾柴火，换模子”……

记得我们家附近有一座高高的青砖门楼，那里面住着两户平分后的贫农人家。这事儿是听老人们说的。其实什么成分不要紧，关键是那院里有三个与我年龄相仿的孩子，大壮、二格、小三子，而且他们常聚在那高高的台阶上玩“拾柴火，换模子”。

我每天放学从这里经过，总要在人家门前站一站，看着人家把书包扔在一旁，又是和泥，又是刻模子，心里痒痒得甭提多难受。

“喂，你是新搬来的吧？”

一天长着一颗圆圆脑袋的大壮瞪大眼睛看着我，发出了友善的询问。我回答“是”，并战战兢兢地提出了“一起玩”的请求，他们答应了。从此，我也成了他们其中的一员，心里自然高兴得没法说。

一块块胶泥在门洞的青石板上摔了一顿饭工夫，用手捏一捏，不软不硬，揪下根儿头发刮一刮，不黏不连，这就算好。于是，大壮分给我们每人几块比月饼稍小些的圆圆的红红的砖模子，每个模子边沿均匀地折起，底部都有一幅凹陷下去的花草、虫鸟和人物图案。记得分给我的模子，一块儿是“猛张飞”，一块儿是“扈三娘”，一块儿是“向日葵”。我们拿着摔好的胶泥，先揉成一个鸽子蛋大小的团团，然后贴在上面，捺匀刮平，再用一块胶泥往上一按，粘一粘，然后轻轻磕下来，这就制作好了一块儿模子，放在一旁，等待风干。

一切完活后，我们便站在门楼下面，一齐可着嗓子唱起来，拾柴——火，换模——子……

叫喊声中，引来一个又一个孩子，他们便满街寻找树枝、棒秸和草棍儿，等攒够了一把儿，这就拿回来换一块模子。

人人有了模子后，这时有的孩子便提出“滚模子”。经过一阵激烈的“净钢尺”，剪子被锤子砸了的孩子便第一个从门洞旁边的青条石上开始往下滚模子，随后胜利者再滚下去，谁滚得远，而且一步能量上，这模子就归人家了。这样来来去去，有输有赢，好不热闹，好不开心。

我那时比大壮他们小个一两岁，自知不是对手，所以每玩几把“滚模子”后，总是把最心爱的一块留下。等到回家后，我立马摔好胶泥，用换来的凸面模子制成一块又一块凹进去的原始模子，晒干后，放进刚燃烧过的柴火灰里，烧个一时三刻，这就制成了一块块地地道道的砖模子。我为自己拥有了砖模子常激动不已！

一晃很多年过去了，如今我早为人父，儿子都与我那时一般大了。说起儿子，他现在比我那时活得滋润多了，吃、喝、穿、玩非我们当年相比。一想起这些，我这心里就像打翻了五味瓶。既希望如此，且更上层楼；又担心他们这一代，只知钱来得容易，出去得快。说来心中总是酸溜溜的，该不是杞人忧天吧？

老娃子与跑药

突然，“哧”的一声，我这心里怦地一动，“扦了！”我高兴地叫了起来，扔下锨，趴在地上，像清理文物一般，小心翼翼地扒开四周的松土，找到那如同鸡蛋大小的切点。

拾完麦穗儿，我天天祈盼金色秋天的到来，因为那是个收获的季节。现如今的孩子们体会不到那时的生活艰难，也无须在秋天里土里刨食，拾些生产队的社员们遗漏在田间里的那点可怜的大豆、高粱、谷子、棒子、花生、山药……来填饱饥肠辘辘的肚子。

秋假的一天。天一放亮，我便背着荆条编成的背筐去找好友老娃子，到城北拾山药。老娃子年长我一岁，长长的脸，高我半头，走起路来总是一溜小跑。老娃子和我是同班同学，又是天天在一起的儿时玩伴，他是县长家最小的儿子，但没有一点公子哥的架势，因为从20世纪六七十年代走过的人都知道，那绝对是一个人人平等、不比功名利禄只羡慕劳动技能的年代。我俩在一起要回忆的往事很多，但他那一张在掘山药时上下翻飞的铁锨，成为我一生抹不掉的记忆。

距县城三华里远的寨北村，是我们今天的目标。看着刚收成完的山药地，我们配合默契地启动三寸不烂之舌，大叔长大叔短地说服了看青的中年汉子，让他答应我们掘山药。大叔被我们纠缠的没了办法，答应我们在一块二分地大小的犄角速战速决。尽管这一要求非常苛刻，但我们高兴地几乎跳了起来。因为当时这一优惠政策只能让给本队社员。

掘山药开始了。我像走窝子鸡似的一个坑儿一个坑儿地打一枪换一地方，半天不劳而获。老娃子却踏踏实实挨齐挨板地一掀接一掀掘下去，一会儿扦一块儿，一会儿挖出块老药。看到这里，我心里直发急，于是也学着他的模样儿，拼命攒劲掘下去了小半截地。突然，“哧”的一声，我这心里怦地一动，“扦了！”我高兴地叫了起来，扔下锨，趴在地上，像清理文物一般，小心翼翼地扒开四周的松土，找到那如同鸡蛋大小的切点。老娃子跑了过来，和我一起参加了战斗。于是我们屏住呼吸，慢慢地，轻轻地，一点点地抠，一点点地清理。最后一下把深埋在土里的一块大如醋瓶子般的老药给抠了出来。嘿！我们相觑一笑，高兴地跳了起来。“喂，咱先别高兴，看看这坑儿里是不是还有？”我同意了，赶忙又重新趴在地上，使劲扒拉起山药坑四周的土，找来找去，终于在实土里扒出了一根儿不同于山药须的蔓子。“我看这是块跑药？”“对，没错！”不约而同，我们抄起锨顺着蔓子的去向，左一锨，右一锨，穷追不舍，大约掘了两三米远的距离，终于又找到一块足有一斤重的跑药。一坑偶得两块大山药实属罕见，我俩高兴地搂抱在一起，好一阵摔跤、打跟头。

日上中天，又偏了西。肚子咕咕叫了，我们这才恋恋不舍地告别了山药地和看青的大叔。老娃子的筐头满了，我只有多半筐头，但一想起有这两块沉甸甸的大山药垫底，心里也就满足了。

“回去后是蒸着吃？还是熬粥喝？”

“不！我要一片片切好，贴在炉子上烤着吃。”

……

我们一路喜悦，一路向往，一路踩着暖暖的日头，走在乡间的田埂上。

青草的记忆

50 后的童年是在一年四季的劳作中成长起来的，劳动锻炼了他们的意志和品质。那时节，一个背筐，一把打草刀子，成为童年的缩影和象征。勤俭节约的同时，还需要自力更生填饱肚子。

小时候，好像天天就惦记着一件事——打青草。从初夏到秋末，一只背筐就没离开过身子，不是给家里打草喂兔子、卖钱，就是给学校打草勤工俭学。

说来也怪，那时打草，县城里却没草。每每打草，我和小伙伴们都要跑到远离县城的偏僻地块儿。这天，我们沿着羊肠小道一口气儿走出三里地，来到城西一块茂盛的高粱地前，惊奇的发现地头上长满了一层矮矮的墩子草。这种草像长了吸盘紧贴在地上，粗壮的根脉深扎在土里，我想这大概就是墩子草生命力旺盛的缘故。尽管这种草非常难割，且水分大兔子不爱吃，晒草不出数，但能有这东西装满筐头，我的心里感到非常满足。于是，顶着头上毒辣的太阳，我们展开了一场割草大战。嗖嗖嗖，一棵棵青草在锃明瓦亮的打草刀子的挥舞中悬浮在松动的黄土地上，等到连成一片，这才张开拾个指头像耙子一般把草拢在一起，筛一筛土块杂质，然后装进筐头。这些活干完后，我才想有些疼痛的手指，低头一看，好家伙！从食指到小指的第二个关节处的老茧又被磨破了，上面浮着一块块如同棒子粒大小的紫色黑泥，那是鲜血和土结合的产物。于是，我一边念叨着“一道儿，两道儿，当间儿，好药”。一边在地上划一个“井”字，然后从“口”里捏一小撮土，敷在上面。

筐头里有了垫底的，我们便猫腰撅腚穿梭在高粱趟子里，把一棵棵星星草、蔓子草连根拔起来，等攒够了一把就挟在胳肢窝里，再等攒够了一抱，便钻出来，放在地头上。我们像打冲锋一样，竭尽全力重复着一个简单的动作。脸上、赤裸的上身和腿上被带毛刺儿的高粱叶子划出数不清的小红道道，汗水从头顶流到脸上凝固成一层又一层厚厚的白碱。这时，手开始变得麻木无力、难以成拳，腿开始有些发软打颤，眼前开始冒出一片又一片金花……但是，我们谁也没说一个“累”字，因为这些我们都习惯了。“喂，你打草是喂兔子呢？还是去换铅笔？”“不，我回去晒干了，等冬天卖了钱，我妈说给我买个铅笔盒”。我们一边说着，一边打捆装筐，然后，又不约而同地趴地垄口上，猛猛地喝了一气儿说不清是井水还是雨水的满是小红虫虫的水。真解渴！

天不知不觉暗了下来，地上刮起大风，雨点子只滴滴答答了几下，便不分青红皂白地朝头砸了下来。一座座青青的小山在白茫茫的雾气中急急向县城移动，周围的一切都是那么陌生，我看到的只有自己的脚尖儿，还有那条弯弯曲曲、凹凸不平的泥泞土路，极不情愿地向后退着。

紫藤萝·老槐树

简单的物质条件，获得的是丰盈的精神享受。幸福与物质条件有时无关，关键是意识上的问题。20世纪五六十年代出生的人，都有过这种简单幸福的经历，玩得不亦乐乎。然而，当政治进入了学校，一切将面目全非。

儿时的校园里有两棵缠绕在一起的紫藤萝和老槐树，据说她们同生同长历经二百年风雨，囿于外形难分伯仲，且称为“藤裹槐”。每年春暖花开的季节，她们那无数条金蛇狂舞般的紫藤萝蔓儿和苍凉伟岸的槐树枝杈，一同生发出一撮撮嫩绿的小芽，随后，紫藤萝先吐穗儿后长出一枝枝紫红色的毛茸茸的大喇叭花，老槐树则直抒胸臆绽开一串串洁白无比的小白花。每每此时，紫与白点缀在墨绿茂密的叶片中，芬芳与馨香浓浓地融合在一起，倘若身临其境，大有一种被至善至美所洗礼的空灵之感！

这是盛夏的一天。半空儿中的日头把个黄澄澄的校园晾晒得冒起了白烟。上课了，教室里很热。嘭嘭嘭，一阵急促的板擦敲打声，把我和同学们从“磕头机”的状态中惊醒，“同学们，都醒醒！看你们一个个都丢了魂似的，这么吧，咱们一起唱个歌清清脑子。”黄老师放下了粉笔和板擦：“天大地大——预备——唱！”于是，五十多把小号“嗥嗥”叫了起来。尖细的歌声由我们三乙传到三甲，再由三甲传到四乙……全校连成一片。

“当当当，”学校里那口非常好听的铜钟敲响了。“吼——下节课是自由活动喽！”我们像小鸟一样冲出闷热的笼子。于是，在藤裹槐下摆开了战场。我们几个调皮捣蛋的坏小子，生生把冬天玩的“撞拐”把戏端了出来。“玩就玩，谁怕谁！”于是，人马分成两班儿，我和另一名大个子同学被推举为主帅，一切安排妥当，旋即捉对展开厮杀。

工夫不大会，一个个落下马来，最后只剩下我和大个子。我看对方一眼，在手心上啐一口唾沫，搓一搓，然后慢慢抬起右腿，一手紧紧攥住脚脖子，一手使劲儿扳着大腿，待对方也拿好了架势，便急急地冲了上去。大个子深知我膝盖骨的厉害，不敢迎面出击，而是迂回一下，想从侧面攻击我。但他万万没想到，我这不过是虚张声势，等俩人刚一接触，我突然高高跃起并改变了拐锋，膝盖骨重重地顶在了对方完全暴露的前胸上，叽里咕咚，大个子闹了个后仰跤，引来同学们一阵大笑。

同学们正在兴头，突然从外面拥进一群手持大镐、铁锨的人。他们找到校长，说是要挖什么“浮财”。校长起初不大同意，为首的一位白脸小伙子与校长急赤白脸地说起来，那大意至今我揣摩着是这么几句话：紫藤萝的“紫”，那是紫气东来的谐音。槐树呢，且长寿之树。常言说：千年松，万年柏，比不上老槐一赖呆。即是说：紫气绕槐，人丁兴旺。所以嘛，藤裹槐下面一定埋有宝物。面对白脸小伙这张口齿伶俐的嘴巴，校长让步了。

于是，众人把藤裹槐团团围住。一锨锨挖下去，裸露出来的树根被无情地铲断了。一镐镐刨下去，直震得树叶落下了满地悲哀……“浮财”最后究竟挖到了没有，我没听说。我所惦记的只有一件事：明年的藤裹槐还会开花吗？我们还能在烈日炎炎的夏天玩“摆方”“抓子”“撞拐”吗？

和姥姥一起过年

在物资匮乏的年代，儿时最高兴的一件事就是过年。因为过年有肉吃，有鞭炮放，有新衣穿。在这几天，长辈们不再呵斥晚辈，缺吃少喝的脸上会荡漾起富足的春风。

新年到，
好热闹，
穿新衣，
戴新帽，
贴对联，
吃肉饺，
家家户户放鞭炮……

日子一进腊月，我便整天掰着指头掐算离年的天数。先是美美地喝了顿腊八粥，然后又吃一回祭灶的糖瓜。待这一切过后，剩下来的事，就是把一年中攒下的零花钱从小木箱里拿出来，赶个炮市闲散集儿，瞧一瞧，看一看，听一听不花钱的响儿。这一举动，直至大年三十的太阳眯上眼，我这才怀抱着从集市上讨价还价了半天才买来的鞭炮，一蹦三跳像个土猴似的往家跑。

天黑了，姥姥燃起了红蜡烛，从门洞到里屋，哪儿都是明晃晃的一团红火；周围的零星鞭炮声开始一阵儿紧似一阵儿，最后连成一片；四邻八家的肉香飘过东房西山，越聚越浓，直溜溜地钻进鼻眼儿……“啊！过年啦！”咀嚼着浓浓的年味，整个身子仿佛融化在这充满无限温馨的除夕之夜。

五香豆，大把抓

小子吃了长出息

闺女吃了不想家

……

吃过了姥姥精心制作的五香豆，听过了姥姥说的歌谣，我跟着二哥三哥一起出门看热闹。

大街上人来人往，不绝于耳，灯火不断。我们随着熙熙攘攘的人流来到了一个挤满人群的场院，只见一位汉子手拎着一挂鞭炮，在众人面前炫耀一番，点燃后“乒乒乓乓”地放起来。

“这算什么，看咱的！”鞭炮刚一住响儿，对面的人群里跳出一位小伙子，手里拉着一挂十响一咕咚，说话间点燃“当当当——咚”直把个冰天雪地震了个满世界喜庆。

“好！好！”

人们再度兴奋起来。于是，双方你一挂大鞭，我一挂雷子，你一个两响，我一个铁筒放起来，互不相让。原来这是东关与南关在比试鞭炮。

热热闹闹略带火药味地比试折腾了足有一个小时也难分胜负。这时，一位白胡子老头站了出来，我认识他，他是城里有名的拳师，人都尊称于大爷。只见他手里拿着一根长长的秫秸，顶端绑有一个小擀面棍粗细的火药炮。

“各位老少爷儿们，今年的鞭炮擂台就打到这儿，半斤八两不分上下，有肯赏脸的看咱的起火（一种能腾空的民间烟花）。”

于大爷一声吼，登时静了场。待他话音一落，那棵大秫秸拖着长长的尾巴钻进了茫茫的苍穹。

“好家伙，好家伙！”

人们仰着脖儿，发出一声又一声的惊叹，当起火在半空中消失后的一刹那，“当”一声，亮起了两颗红绿灯，人们的“好家伙”变成了一声“噢！”

从大场里回到家，觉得有些困乏，头一挨枕头，我便在红红火火的烛光里进入了梦乡。

“小刚，快醒醒！”

迷迷糊糊，我被姥姥推醒。“长了没有？”她急急地问我，一脸郑重。

“长了，长了一房高。”

姥姥会心地笑了，娘也笑了。谁知道一房高的人是个啥样子，反正姥姥每年三十晚上都要我这样说，那是规矩。

儿时的年就这样周而复始地过去了，尽管那时节生活不富裕，但合家充满温馨。如今，我已为夫为父，姥姥和娘也离开了人世，一想起大年三十再也没人叫醒我问一问“长高了没有”，心里总不是滋味。

跟着二哥去逮鱼

儿时最让家长高兴的一件事，就是大孩子领着小孩子去逮鱼。因为，了去清净，眼不见心不烦，看不到整天围着饽饽篮子转的场景。同时，又能为家里添一顿腥味儿。

一九六三年的洪水一走，小城的周边留下了一片片坑塘，只有小腿肚子深的烂泥里，到处是鲶鱼和泥鳅。

一个小雨纷飞的早晨，我偷偷穿好裤衩，躺在炕上装作睡觉。等二哥一起炕，我便抱住他的后腰，央求他带我去摸鱼。二哥大我五岁，从小主意就正，父母叫他小大人。我呢，从小就是二哥甩不掉的尾巴，因为他在我的心里就是榜样。好说歹说，二哥这才答应我去摸鱼。于是，很快在我们家门口聚起一群小伙伴，在二哥的带领下，我们开心地来到城南坑塘边，卷好袖子，捋好裤腿，一个个下到尺八深的水里面。

又黑又黏的坑泥，抱住左脚，又搂住右腿，使我每前进一步都感到非常吃力。

“快点！”二哥招呼着我向里走，他一个人早把双手插进了泥里。我不敢怠慢，立马学着弯下腰，左一把，右一把，在泥里搅乎起来。“嘿！”不知啥时辰，就听见二哥叫了一声，把一条足有尺长的大鲶鱼攥在手里，甩上岸去。啊！同伴们顿时为之振奋，一个个在烂泥里搅乎个天翻地覆。

顷刻间，一张张小白脸变得五眉三道起来，一个个长毛僧（那时经济条件不好，两三个月才能理一回发）的鬓角流下了滴滴汗珠子。在泥水里站久了，两条腿自然不好受。尤其是站了半天，只有二哥抓住了一条鲶鱼，这心里非常憋气。于是，我显得有些疲惫了，两只手在泥里抓挠的次数在减少。正在这时，突然一个油光光的鱼头撞进了我的手里，我赶忙用力合拢双手向泥里捺去……好家伙！一条半尺长黄澄澄的大泥鳅被我从泥里抠了出来！“哈哈，我也抓住了一条！”我刚咧开嗓子喊了一句，没错，只喊了一句，那家伙便“哧溜”一下从我的手指缝里逃走了。

下雨了，天晴了。可是我们一群小伙伴的脸却阴个实着。苦战了小半个上午，只获得三条半鲶鱼（有一条小不点），还有两条泥鳅，真不上算！

“夜里个儿，听大人们说城西的坑翻了，咱们要不去看看？”有伙伴提议，经二哥同意，众人响应。于是，我们像一帮子雄赳赳的小叫花子，又像一群打了败仗但精神不倒的勇士，直杀向城西。

嚯！等我们来到城西坑沿上一看，两个场大的水坑里站满了黑压压的人。别说是摸鱼，就是下坑站一站也插脚不下。嗨！我们每个人长吁短叹过后，没了脾气。

“嗳，这儿算是不行了。离这里不远，有条河沟子，咱们去那儿看看吧？”二哥这次发话了，他的话那就是圣旨。于是，一伙无忧无虑的小公民又一窝蜂似的向西移去。

这是一条人工开挖的小河沟，一人来深，两人多宽。一条小溪由南向北湍湍地流动着，清澈的河水在凹凸不平的沟底跳跃着，与水草撞击中变化出朵朵浪花，在阳光的照耀下，红黄金蓝，闪闪烁烁，显得格外好看。

“嘿！有鱼！”

“别喊！早看见了。”二哥扭头看看我，再看看身旁的大孩子，“你去我家拿个筛子来。”

大孩子一溜小跑去了，剩下的人齐帮动手，挖泥打埝，把小溪拦腰截断。好半天，大孩子呼呼哧哧地拿回了筛子，二哥接了过来，然后，在堤埝中间扒开一个口子放了上去。

这一切完活后，我们迅速撤到旁边，趴下，屏住呼吸，等待鱼儿的到来。

大约过一顿饭工夫，我们小心翼翼地走过去起筛子，好家伙！足足有小半筛子活蹦乱跳的鲫鱼片子！

“吼——！”小伙伴们高兴地嚎叫起来。二哥制止大家，意思是好戏还在后头。

……

中午该吃饭了。我们本想再捉条大鱼，可忽略了只有脚面深水这一客观现实，最好只好端着一洗脸盆儿鲫鱼片子赶回家，当然，我们没有垂头丧气，一个个高兴得像大将军东征西战凯旋。

看碾棚的老孙头

那年月，村里的碾棚，就是五保户老人的半条命。一捧米，折射出的是一颗心。迄今，老孙头月牙形的脊背，一出气，就见得心在肋骨间嘭嘭地跳。

童年的记忆常伴随着脑海中那座大碾棚里的碌碡，在现如今颇为滋润的心田碾盘上，滚过了一圈又一圈，直把个一去不复返的大千世界生生又转了回来。想那年县城里还没有电磨，街心的那座土坯碾棚，便成为家对家离不开的地方。自然而然，那碾棚的主人老孙头，也就成了人们心目中的活神仙。尽管他有时脾气倔得像头驴，但大伙都得顺毛划拉，不然的话，破不了米，碾不了面，就没得下锅。

老孙头是光棍一条，那会儿叫五保户。夏天，他总爱裸露着月牙形的脊背，一出气，就见得心在肋骨间嘭嘭地跳。冬天，一件没里没面的老羊皮袄没离开过身，天天在北墙根儿下一靠，把个日头熬走了拉倒。那年老孙头六十多岁，瘦脸从来不会笑，因为，他的右脸上有一道半豁口长的刀疤，那是让日本人拿刺刀给挑的，就为这个村里把这间本来是公用的碾棚分给他看管，一来省去好多事，二来好让他有口饭吃。

三九严寒的一天，放学了。我顶着乱箭般的雪粒哆哆嗦嗦赶回家，只见姥姥正跟二哥三哥交待去碾米。我无心听，只惦记着咕咕叫的肚子，搬过一个凳子爬上去够挂在房梁上的篮子。那年月，粗粮也是不管饱的，一锅饽饽蒸熟后，吃个多半饱，便“坚壁清野”起来，以防我们兄弟“扫荡”，这不，摸了半天，只从里面摸出半块高粱饼子，不容多想，入口为安。

吃完了饼子，喝了半瓢凉水，我冲着姥姥喊了声：“我也去！”这就撒开丫子跑了。雪还在刷刷下个没完，寒风像锥子一样，专找棉袄上的窟窿钻。我们哥几个一路小跑到了大碾棚，这倒好，往日排队碾米的场面没有了，老孙头也没来，只有碾盘和碌碡相依为命孤苦伶仃地呆在那儿。趁这空当，我们赶忙把碾盘扫净，把棒粒轮到上面，二哥、三哥连推带拉转动碾子，我拿着笤帚跟在后面扫摊。“一圈，两圈……”直到我数不过来了，二哥招呼我们停下，然后，拿过我手里的笤帚，把碾碎的棒粒堆在一起，用箩筛一筛，把面装进口袋，再把大糁子重新轮上。于是，我们哥几个又是一阵人欢马叫，直转得腿肚子发紧，脑门子冒汗。那时我想：我要是头毛驴该多好啊！

大碾棚里的光线暗下来的时候，手中的活计干完了。哥几个正准备往回开，老孙头却一脚从外边迈了进来。“好小子们！也不打个招呼，就使我的碾子！”

老孙头说完，吭吭地张着大嘴咳起来，就在剧烈的抖动中，他还下意识地伸张两臂，活脱脱一张破网，想要挡住我们的去路。

“啊？！”我头一次见到这般凶神恶煞般模样的人，看着他那张扭曲的脸上的刀疤在一起一伏，直吓得我藏在哥哥们身后。

“孙大爷，你别发火，面我们留在碾盘上了。”二哥不白大我几岁，他不慌不忙地说，并用眼神把老孙头引到那两捧棒子面上。

“这？”老孙头不言语了，他用力再咳嗽几声，然后把伸开的手臂放下来，须臾，又收回了那张可怕的面孔。“谁让你们留面了？我是说打个招呼。”他一边喃喃地说着，一边走过来，捧一捧碾盘上的面，放进我们的口袋里。“剩下一小把儿熬口粥喝就行了，把这些装回去。”望着老孙头这稀奇古怪的动作，我的心里一下子变得复杂起来，怎么坏人一下子变成了好人？

“人不可能两次踏进同一条河流。”（苏格拉底语）然而，记忆将是这一哲理的反叛，它不仅能够将许多逝去的时光唤回同住，而且能使许多在当时以为非常渺小、平凡的人和事，变得神圣、伟大起来。

呵，大碾棚——老孙头。

姥姥的老笑话

20 世纪五六十年代出生的双职工非农业子弟，都有过相同的经历，要么到乡下跟爷爷奶奶、姥姥姥爷过生活，要么让爷爷奶奶或姥姥姥爷到城里照看一大堆隔辈人。因为，我们的父母吃住在单位，他们没有精力照看孩子。

小时候，父母住在机关上，我们兄妹五人同姥姥一起厮守在花钱租来的两间土坯西屋里，一住就是好几年。那年月，整个县城里没有电视、录音机，就连电灯、耳机子也都是个稀罕物。天一擦黑儿，姥姥便把我们兄妹赶上土炕，嘴里不时发出“快点！快点！”的严厉催促声。等我们一个个脱下长年累月罩在身上的青布小褂，或是黑得看不见布丝的小袄，像一群小猪子进疙里疙瘩的粗布被窝里，姥姥那干瘪的嘴巴先是一瘪，后又鼓起，由丹田早已运好的一口气，便从撮起的嘴巴细小缝隙中使劲冒出来，煤油灯被吹灭了。姥姥说：“一斤煤油三毛七，点一斤，就是一天的吃喝。”

我躺在被窝里，根本不理会什么“三毛七”，只是照例一个劲儿地催着姥姥讲故事。于是，那老掉牙的笑话，就从姥姥那没牙的嘴巴里念经般地流淌出来：

笑话，笑话，一大掐
锅台上种着二亩瓜
瘫子来偷咧，瞎子看见咧
聋子听见咧，哑巴学了舌
扛长活的打发着瘸腿员外追去咧

笑话重复了一遍又一遍，姥姥的声音越来越小，她自己把自己讲着了。“姥姥！”“嗯”“醒醒！”“嗯”……叫了几声不奏效，我索性翻过身趴在枕头上，一连气念叨了数十遍“睡着了，睡着了”。还是没睡着，眼前却冒出金花一片。我慢慢抬起头来，这东西还在飞溅，于是，我左一把，右一把，试着把这些五颜六色的金花捧在手里。

寂寞长夜在金花的介入中变得绚丽多彩起来，我的心里陡然升腾起一种无限幸福和快乐的感觉！

“喂！你在瞎抓挠什么？还不快睡！”黑夜中传来姥姥的训斥声，我吓了一跳，赶忙把手缩回被窝。于是，又重新把脸趴在枕头上。大概是那会儿缺少营养的原因，脸刚一贴在上面，头微微一晕乎，眼前非但金花一片，而且还出现了一圈又一圈非常好看的光环。每个光环大小不等，但闪着同样神秘的光晕由上而下，一圈儿接一圈儿向深深的黑夜里飞去。一个，两个……嘿呀！怎么这么多！我简直高兴得要光着屁股跳起来。

光环还在如同金蛇般狂舞着，越飞越快，越飞越远，不一会儿，变成一匹滚瓜溜圆的枣红马。嘿！我慢慢地走过去，它一动不动，只是忽闪着一双大眼睛看着我。我试着骑了上去，只听一声嘶鸣，枣红马四蹄蹬开，向半空儿里飞去。驾！我把脸紧贴在枣红马的脖子上，周身上下就觉得软酥酥的，美极了！风，在耳旁呼啸而过；天，离我越来越近；星星，伸手就能摘下来。千里马快跑呀！忽然，眼前出现了一个金碧辉煌的世界……太阳从窄小的窗户棂子里钻了进来，天亮了。

第七辑　人生留痕

人生是由许许多多的酸甜苦辣咸交织在一起的。只有把美好的东西多一些留在记忆中，人生才会幸福美好。地球人都知道，“拿起，放下”这句佛家用语，但如果想要做到，那是需要坚定和智慧的。让我们给自己一个了断，与痛苦告别，向幸福出发。不再纠结，不再抱怨，不再憎恨，天地间处处盛开美丽的鲜花，我们就是护花使者和园丁。

听　海

一位盲人母亲，以听海的方式思念出海遭遇不幸的丈夫。尽管她看不到大海的波澜壮阔，但却用比海宽阔的胸怀呵护着女儿的成长。

大海、沙滩、渔船，男男女女的赶海人，一切笼罩在灰蒙蒙的天空下。海风吹过，飘动女人的长发。海鸥惊起，牵动女人的思绪。墨镜下，一双“深邃”的眼睛，向远方，再向远方眺望。汹涌澎湃的海浪声萦绕耳廓，时而低声呜咽，时而引吭高歌，在向她诉说一个来生相见的悲悯故事。

听海，在每一次午夜的暴风雨席卷过后，愿望会越发地强烈。终于，她战胜了自己，带着女儿来到了男人出海的地方。

“妈妈，海水是蓝的吗？”

女人的身旁，有一个美丽的小女孩，就像传说中的人参娃娃，在沙滩上蹦来跳去。一条火红的丝带，在风中飘荡起伏，一头系在女孩腰间，一头攥在母亲手里。

母亲告诉女儿，大海是湛蓝湛蓝的，风吹乱了沙滩，等一会儿，风平了，浪静了，浑浊的海水就会变得清澈起来。

女儿高兴地跳起来，“噢，我见到蓝蓝的大海啦！”

女孩兴奋地向身边的赶海人诉说着她的发现。男人和女人们好奇地看看她，又看看伫立在风中的母亲，摇摇头，叹叹气，手里的挠钩一刻也没有停息下来。昨夜刮了一场大风，养殖场的蛤蜊被卷上了沙滩，常年生活在海边的人们，测算一下风向，早早就来到这里。

“妈妈，叔叔、阿姨们在干什么？”

“在挖蛤蜊。”

“蛤蜊是啥样子？”

母亲告诉女儿，囡囡长大了，要学会自己去观察这个世界。女孩说，好吧，我该怎么做？母亲说，囡囡蹲下去，用手轻轻抚摸沙滩，那凸起的小沙包儿下面，会有一只蛤蜊。

女孩问，“为什么会在小沙包儿下面？”

母亲告诉她，蛤蜊要呼吸。

女孩蹲在沙滩上，伸出一双稚嫩的小手用心抚摸，很快碰到一个小沙包儿，用力向下挖去，于是，一只刚要钻出沙滩呼吸的小蛤蜊，就这样被活捉了。女孩咯咯地笑起来，她把小蛤蜊捧在手上看了又看，放在小脸蛋上亲了又亲。

“妈妈，今天爸爸回来吗？”

女孩忽然想起了一个日夜想念的话题。

“风停了，出远海的爸爸会回来的。”

女人说这话时，心就像是一只柠檬，被女儿的小手挤出了酸酸的浓烈的汁液。须臾，这汁液流淌在喉头、唇齿、舌尖之上，转瞬变得芬芳、甘甜起来。女人坚强地面朝大海，阴霾的天空，顿时阳光灿烂，湛蓝的海水中，有一只小渔船向岸边缓缓驶来。三年前，在一个风雨交加的午夜，同是盲人医生的丈夫随渔船出海接生，再也没有回来。一个月后，她生下了女儿。女人想到这里，泪水不知不觉落了下来，海风一吹，飘落在女儿脸上。

“妈妈，下雨啦！”女儿回身瞪大一双明亮的眼睛看着母亲。

“不是的，那是海浪花溅起的思念水珠。”

“海浪花会唱歌吗？”

“会的。”

“妈妈，教我唱支歌吧？”

“好的。”母亲点点头允诺了。

“小燕子，

穿花衣，

年年春天来这里……”

歌声被一阵嘈杂声打断，沙滩上来了一个收蛤蜊的小贩。于是，男男女女的赶海人，争先恐后地拎着蛇皮袋子围了过去。

“妈妈，他们在干吗？”

女人面对女儿期盼的目光，思绪骤然停顿下来，现实中的困惑，让她有些迷茫。海鸥再次从头顶飞过，海风带来丈夫的嘱托：孩子是我们的眼睛，未来的世界，没有黑暗。想到为了他人远去的丈夫，想到未来生活的美好，女人说，他们是要把挖到的蛤蜊交到养殖场去。

女儿举起了手里的蛤蜊，奔跑着。她说，别人的东西不能拿，她也要把挖到的蛤蜊交到养殖场里。

“囡囡回来。”

女人收紧丝带，蹲下身搂住女儿。坚定地说，我们还是把蛤蜊放归大海吧？女儿问为什么？妈妈说，因为蛤蜊是大海的孩子。

风在动，涨潮了。当后浪高过前浪涌上沙滩，女孩把手里的蛤蜊用力向大海掷去。

“噢，小蛤蜊找爸爸去喽！”

妈妈微笑着面对女儿。耳廓中，从海天一色的遥远彼岸传来男人赞许的祝福声：用真爱和善良浇灌心灵，世界才会生长永恒的美丽。女人听得受用，心里美滋滋地感受到一片阳光。

风停了，浪静了，太阳露出了笑脸。潮涨潮落，湛蓝的海水抚平了一片狼藉的海滩。曲终人散，洁白的沙滩上，留下了妈妈和女儿返程的脚印儿一对半。

梳羊角辫的小姑娘

汽车启动了，司机让大家关闭了车窗，送来了阵阵冷风。车要开了，小姑娘仍然站在原地瞪大眼睛打量着每一位乘客。

三伏天，我去冀南出差。

中午时分，汽车开进了一个县级车站，司机和售票员下车吃饭去了，车上只剩下我们这些困乏至极的乘客。人们无精打采地或闭目养神，或抽着闷烟，或吃着刚从小贩手里买来的食物，苦苦地等待司乘人员早点回来。时间一分一秒地过去了，车内的凉气渐渐温暖起来，最后竟成一团浊气，十分难挨。旅客们相继打开车的门窗，扑面而来的热风，招来一身汗水。

乘客正在闹心。这时，上来一位四五岁的小女孩。她圆圆的脸上长着一双大大的黑眼睛，两只羊角辫儿高高地举过头顶。女孩兴奋地爬上车后，鼓着一对小酒窝的嘴巴，一边哼哼着“门前大桥下……”的童谣，一边雀跃着向车后走来。见到这个活泼可爱的女孩，车上许多人为之一振，不约而同地抬起惺忪的睡眼，顿时黏黏的眼球发出了光泽。我坐在车的后面一排，女孩径直朝我走来，我忽然感到一股清凉的风直扑门面。我笑着望着她，等她开口说话。女孩似乎看懂了我要与她打招呼的念头。她把小手放在红红的小嘴上，摇摇头，那意思是说我有事，暂不需要交流。对于女孩的举动，我始料未及。我心里纳闷，这孩子是谁？她在干什么？我瞪大眼睛关注着女孩，女孩似乎不在乎我是否注意她，而是继续逐一辨认着车上的乘客。她从上到下，从左到右，反看正瞧着每一位乘客的脸。当她把车上的人都看了一遍，确切地说有的看了两遍，因为有人在睡觉，把脸放在了胳膊窝里，所以她只好用小手把乘客唤醒，又确认了一遍。当这一切完成后她悻悻地站到了车门处，小嘴嘟囔几句，转身向车下走了两步，然后又不放心地回转身来。她依旧瞪大好看的眼睛再次打量每一位或立或坐或吃或睡或用目光与她交流的乘客。小姑娘在找人吗？为什么看不出半点的焦虑？那她到底在做什么？我常年出门在外，年轻时喜欢独来独住。但人过四十，身体变得虚胖后，一人出门常为安全问题而担忧。我真想象不到一个幼小的女孩，具有如此坚强的意志，她居然能在乘客面前镇静自若。

司乘人员吃饭回来了，车马上开了，小姑娘依旧泰然自若地站在门口。此时，我真为小姑娘捏了一把汗，真想走过去问她在找谁？可话到嘴边又咽进了肚里。

汽车启动了，司机让大家关闭了车窗，送来了阵阵冷风。车要开了，小姑娘仍然站在原地瞪大眼睛打量着每一位乘客。当我和她四目相对的一刹那，我觉得有责任呵护她。于是，我说：“等一下，师傅！”随后走到了小姑娘身旁。当我弯腰刚要问候小姑娘时，车门陡然打开，急匆匆上来一位年轻的母亲，小姑娘惊喜地看着她，一动不动，眼眸泛着委屈的泪花。焦急万分的母亲，喜极而泣把她搂在怀里说道：“让你在候车室等我，你怎么一个人偷偷地跑到车上来了？”听到妈妈讲话，小姑娘哽咽地叫了一声“妈妈”，突然“哇”的一声号啕大哭起来。

这场面让我紧绷的心一下子舒缓下来。坚强与脆弱瞬间定格在我心里，陪伴我走过了漫长的旅途。

秀　色

美好的邂逅，就像陈年老酒历久弥新而芬芳。瞬间精彩的画面，逗留在记忆里会不断发酵，弥漫成一幅巨大的天幕，展示在世人面前。回眸一笑，景色无限。

十年前，我曾和同事们一起游黄山。那日清晨，顶着雾气缭绕的朝阳，从前山的“温泉”开始徒步登山览胜，途经“慈光阁”“半山寺”“玉屏楼”“蓬莱三岛”，然后不知不觉在奇松、怪石、云海中迷离了大队游客，鬼使神差般绕过“天都峰”，沿着“鹊登梅”，到达了“白鹅岭”。白鹅岭是登山索道的终点，来往的游人很多，我们在此吃过简单而昂贵的午饭，补充了随身携带的矿泉水，便马不停蹄地穿过“北海宾馆”，来到海拔二千一百八十米的“光明顶”。霎时，天光顿开，景色宜人，脚下是美轮美奂的北海云涛，身心宛如进入仙境一般。美极了！陶醉之时，忽然身后飘来一阵茉莉花的清香，只见一位清纯可人的女孩手拉着一个书生气很浓的大男孩站到了我们中间。女孩小巧玲珑，梳两条短辫，冰清玉洁的圆脸上，有一对会说话的眼睛，透过精美的镜片倾诉着率真与美丽。初秋季节，早中晚温差较大。女孩上穿一件印有卡通狗的休闲衫，下着牛仔裤，脚穿红白相间的运动鞋，腰间围系一件浅绿色的毛衣外套，她一边做着深呼吸，一边含情脉脉地鼓励着大男孩。

在写有“光明顶”三个朱红大字的紫砂石前，由于攀登了近六个小时，儒雅的男孩和我们一样有些累了，他站在那里，眯起眼睛关爱地看着女孩，女孩故意不领情，她忽闪着一对灵动的大眼，朱唇轻咬，瞬间，像一只活泼的小鹿，从前方跳到男孩身后，用头顶住男孩的腰，一步步把他顶上了卧石顶端。灿烂的阳光下，紫砂卧石活脱脱像一个舞台，女孩忘情的一一亮相拍照后，突然虔诚地跪在上面。只见她双手合十，默默祈祷，须臾，仰起秀脸，把一对柔美的手臂伸向蔚蓝的天空。秋风吹动她的刘海，飘飘洒洒如万缕情丝，嵌入天地造化的黄山之上。

离开光明顶，钻过了“鳌鱼洞”，穿过“莲花峰”，走过“玉屏峰”，我们来到了“迎客松”景点。天朗云白，风清气爽。大名鼎鼎的迎客松前游人如潮，我们只好坐在一边等候照相留念。眼望着天都峰的一线山道和千峰壁立的西山，我终于有机会结识了这对年轻的情侣。那时女孩倚靠在男孩的肩膀上一边说笑，一边通过相机的视窗，在方寸之间欣赏着景致。突然镜头盖掉了下来，从我面前向山下滚去。也许是我的眼神从未离开过这对健康、活泼、美丽的年轻人的缘故，稍一醒神儿，便把它从地上抄了起来。男孩和女孩很是感激，说是真要滚到山下，回去不好和同事交代。攀谈中，我认识了这对蜜月中的年轻人，他们毕业于大连的同一所理工大学，现在又同在一所学院里读研。我问她为何在光明顶跪拜。她莞尔一笑说，我在许愿。我问许什么愿？她说，她希望世间万事万物都能够像黄山一样真实、美丽。

美丽的阳光从头顶照到脚下，又从脚下照到头顶。十一个小时过去了，与黄山说再见的时候，我们也与这对年轻的情侣道了声“后会有期”，男孩和女孩依偎着走了，在山林的转弯处，女孩回过头来向我们摆摆手，灿烂一笑。刹那间，夕阳下的黄山竟是如此妖娆。

十年间，这美丽的秀色，像一道靓丽的风景在我眼前总是晃来晃去。这期间，我曾有机会重返黄山，但一直未能成功。按说，别说一日游黄山，就是土生土长的黄山人，也未必能体味出“五岳归来不看山，黄山归来不看岳”的美妙所在。然而，我真的不能，因为景是人非，我不想抹去天人合一的黄山，在我心中留下的那份灵性之美。

叶子花

我与叶子花邂逅，是在鹿回头山顶公园。五月的夏日，她撑一把葱绿的遮阳伞，身穿雪白的连衣裙，像一只可爱的小鹿在云端蹦来蹦去。

一个偶然却又是必然的结局，我与美丽姑娘不期而遇。

我生长在北方，几十年中，记忆中留下的绿色只有半年的光景。所以，向南方的心情从孩提时代到天命之年，成为我生命里的唯一主题。我曾在万虫不鸣的深秋伫立长城之巅向南方眺望，当一群唱着凄婉歌儿的大雁从高高的头顶飞过，脑海里的天空本能地拒绝严冬的到来，顿时涌现出一片白帆，一片温暖的阳光，一片鲜花盛开的绿地。

我的家安居在北方城市的东南端高楼顶层，居其所，为的是留住秋的短暂，尽可能多得一米阳光。我在阳台的花盆里种满了三角梅。那是因为，一次偶然中的必然，我到了花开四季的三亚，找到了生命长青的三角梅。所以，我把它栽种在我的居室和视线里。我喜欢这种灌木植物，它与我的性情有相同之处。耐碱耐寒耐旱，三片正三角形的紫色花朵，蕊中开着黄、白、红、橙的花心，厚的三角形的叶子，在自由伸展的藤蔓上相拥盘踞。当阳光温暖照耀时，无论是在清晨还是夜晚，总给你一种蓬勃向上的启示和美感。一个时期以来，我面对着花儿常想起一个问题，是谁给花草起了这样一个动听的名字？是数学家吗？还是一位艺术家？据史书记载：三角梅生于长江以南，因花形与叶片呈三角状而得此名。关于三角梅的故事我想应该有一个传说。在远古时期，当人类的祖先从非洲出发沿海岸线来到中国大陆，首领的女儿，一位叫梅的美丽姑娘便把这种产于巴西的叶子花带到了三亚，由于这里的气候条件特别适合花期的生长，所以来年遍地尽现叶子花开。梅是一位美若天仙的姑娘，部落里许多小伙子同时爱上了她。就在她们相亲相爱难解难分的时候，首领把这些小伙子发配到了北方的厦门、梧州、珠海、江门一带，深深的琼州海峡，将有情人阻隔。隔海相望的思念之苦，浇灌了心中的叶子花。每年的十月到来年的六月，梅把心中的爱恋化作一簇簇紫蓝色、朱红色、桃红色、绛紫色、橙黄色的繁花，聚生成团，绚丽枝头，向远方的情人诉说着无尽的思念。

年复一年，凄婉动人。叶子花为了抗击海风的侵袭，躲避阳光的直射，花瓣慢慢由大变小，由散开变为抱团生长，呈现出三角形的圆柱体状，远远看去，只见簇簇花团攀附枝头翘首相望，不见绿叶扶持左右，给人以“没有真爱是一种悲伤”。N 个百年之后，聪明的后人，为了纪念这段凄美的爱情，为叶子花取名为三角梅。

其实，我与叶子花邂逅，是在鹿回头山顶公园。五月的夏日，她撑一把葱绿的遮阳伞，身穿雪白的连衣裙，像一只可爱的小鹿在云端蹦来蹦去。那是一个旅行愉快的下午，叶子花向我介绍了三亚国际旅游岛的现在与未来。我惊奇的发现，小鹿回首相望的地方，有一片盛开的花海。许多俊男靓女在与秀美、高挑、华贵的三角梅合影。从他们赞羡不解的眼神里，一看就知道是和我一样的北方人，因为三角梅在三亚不仅是花，而且是树。同样的，也只有三亚的三角梅：繁花似锦、婀娜多姿让男人们欣赏；绿叶长青、身姿矫健让女人们依靠。

三角梅，亦花亦树，花容枝貌，曼妙多姿，秀外慧中，实用养眼。这就像勤劳朴实的海南人，别看他们身体单薄，但力气很大；面色黝黑，但寿命很长。想起三角梅，想起三亚。邂逅三亚，邂逅美丽。向南方寻找永恒的绿色，是我毕生的追求。因为，北方的春天是那样的姗姗来迟而又稍纵即逝，秋天犹如白驹过隙而又匆匆远去。

开花店的老芮

老芮有句至理名言：比官比不住当官的官，咱是个科员。比钱比不住有钱的大款，咱行政身份事业编。咱是亲爹亲娘亲自生的儿，要比咱就比，看谁最后一个给爹娘在坟上烧纸送钱。

邻居老芮，一个眼不见好像活了回去。猕猴桃似的苦脸，仨早晨，俩晚上，居然变回了笑容可掬的九月菊。我就纳了闷去了，二线的老芮，居然死里逃生，而且桃花运亨通，只要他走到有女人的地方，那必然引得广大妇女同志热烈欢迎。美死他了。哪里，哪里，一般，一般。听，这口气，讲究，绅士，够派，有范儿。

老芮的一天，是从早晨自然醒开始的。不管春夏秋冬，睁开眼回十分中的神儿，想晚上的梦，哪些是该留下的，哪些是该放行的，分分类，排排队，右手一摸脑袋收下，左手一扬玩蛋去。清理完散碎游梦，这就慢慢坐起，双腿盘坐，边按压腹部正转五十、倒转五十，边转边咽吐沫，边排解心脑杂念，然后起床穿衣。衣服不在贵，而在绿色纯棉，宽宽松松，软软乎乎，夏天不热，冬天不冷就行。穿戴完毕，刷牙开始。按照品牌牙膏每月一换，早晚两次刷牙、每次三分钟的原则，上下，上下，左一分钟，右一分钟，里里外外再刷一分钟。

老芮二线了，有得是时间，缺的是青春永驻，身体健康，自由自在，再活上一百年。老芮有句至理名言：比官比不住当官的官，咱是个科员。比钱比不住有钱的大款，咱行政身份事业编。咱是亲爹亲娘亲自生的人，要比咱就比，看谁最后一个给爹娘在坟上烧纸送钱。

老芮是一个孝道之人。亲爹亲娘活着时是地主家的花匠，一辈子的梦想就是自家开一个花房。为了这个梦，老芮上大学学的是花卉管理，毕业后分到了县园林局。然而，20 世纪以前，县城很穷，人们吃穿都成难事，哪里有多余的钱给城市抹粉戴花。几束“死不了”，栽在县委大门两旁的花池里，那就是一道亮丽的风景线。21 世纪后，贫困县的帽子摘了又戴，戴了又摘，就像老宋的头发黑了白，白了黑，最后光光乎乎地黑白不分全下了岗。人到六十的老宋彻底解放了，他的细腻生活理念贯穿在后生活状态之中。一年下来，奇迹出现了，人就像掉进了脂粉缸里浸泡了陈年旧月，捞出来一看，哪儿都泛着一层诱人的光亮。尤其是在他建了花房、开了花店后，整个人被彻底颠覆，斯文、儒雅、风趣、幽默的老宋在电视台上一亮相，顷刻间征服了小城的广大中老年妇女，明着的、暗中的，嘴上说的，心里想的，老芮俨然变成偶像。要想美，找老芮。这在小城已成为一句时髦的名言。

于是乎，没两年工夫，小城的大街小巷，楼上楼下，到处摆满了鲜花绿草，满眼姹紫嫣红，煞是好看。

如今的老芮，在小城已是家喻户晓的绿植养护明星。你要问他赚了多少钱？他会乐呵呵地问你多少钱能卖心里美？

蒙古汉子

蒙古人的豪爽，只有通事才能感觉到。对待朋友，那种炽烈会把你燃烧。每一次相遇，都是千载重逢。珍惜友谊，才是做好人的道理。

到了内蒙古，才知道什么叫男人。大口吃肉，大碗喝酒，大嗓门唱歌，大肚便便。这就是身高一米八五，体重一百一十公斤的阿三给我的印象。

头伏的第一天，我们在大汗淋淋的火锅桌上，想起了久违的朋友阿三。于是，开上私家车，穿越一千公里，来到了秋高气爽的青城。南方的麦子早已入库或蒸熟了馒头，而这里的小麦、荞麦还一同陪伴着玉米生长在大田里。

感受蒙古人的热情，是从第一天晚上八点到达呼市“蒙古大营”开始的。由于塞车，我们在路上耽搁了五个多小时，每个人的手机几乎让阿三打爆了。我们赶到时早已霓虹闪烁，歌声悠扬，透过绿树成荫的小溪，一座座蒙古包就像是浮在云海之上。阿三在大营门口早已等候多时，等我们下车，便迫不及待地拉住我的手，走进包房。我是第一次来到内蒙古，所以对这里的一切倍感亲切而陌生。蒙古包有二十平方米左右，中间有一张直径在两米左右的圆桌，上面放有一个可转动的玻璃板，桌子四周没有椅子，而是一圈有一米见宽的通铺，坐上去非常舒服。

晚宴开始，从外面进来两位身穿蒙古袍、长相非常漂亮的姑娘和一位手拿马头琴的小伙子，三人站着，在阿三的指挥下，两位姑娘自右而左顺时针给每一位客人唱起敬酒歌，绝对是专业水平，不仅嗓音圆润洪亮，而且举手投足非常得体。一首歌唱完，客人们仿学着蒙古人的习惯，用拇指和无名指在纯银的小碗里蘸一下，弹向天，指向地，左右一比划，然后一口喝下足足有一两多的白酒。

我平时滴酒不沾，所以一见这场面心里就发怵，真想逃避，可看到阿三的热情目光，我便咬紧牙关，做好了与朋友真诚相见，肝胆相照的准备。悠扬的歌声再次唱了起来，我的心随之加快了跳动，当美丽的姑娘把酒敬到了我的面前，我慌忙站起身接过来，也学着他们的样子，上下左右比划一番，一口把酒喝到了肚子里。酒在胃里燃烧起来，我的脸顿时变得通红。总算逃过了一难，谁知众人却笑了起来。我看着阿三，心里问为什么？阿三说，你有三个理由必须罚一杯。一是你是最尊贵的客人，因为你坐在了蒙古王成吉思汗的像下(我抬头一看，蒙古王正威仪地看着我)。二是按草原的规矩，歌声不断，酒不断，姑娘的歌还没唱完，你就把酒喝了，所以必须罚一杯。三是蒙古人的酒敬天敬地敬主人或敬父母，你前两个动作做得还差不多，但后一个却像上帝保佑，这不行，应该用无名指醮酒，轻轻在额头自左向右划过。完了，别说是三条“醉”状，就是一条也得喝。

歌声再次响起，我伸出一双麻酥的手，接过了盛满青稞酒的酒碗，等到歌声停止，这就非常虔诚地把规定动作做完整，然后一仰脖儿灌了下去。

“亮堂！”

阿三大喊一声，端起桌上的一杯白酒，一仰脖喝了下去，随后，他抽出放在桌上的蒙古刀，三下五除二，把放在圆桌上的烤全羊肢解开来。

我的盘里放着阿三递过来的一条背脊肉。阿三说，初次来蒙古吃肉，你们还不习惯自己动手，等明天到了草原，每位客人面前都有一把蒙古刀，想吃哪儿，就自己切。

烤全羊的味道太好了，肥而不腻，外焦里嫩，好嚼好咽。我生在河北，长在河北，羊肉没少吃，吃这么好的羊肉还是第一回。

我们是晚上十点多离开蒙古大营的，说好了明日九点去草原。第二天九点的时候，阿三却没有来，我们给他打电话，电话没人接，打手机，关机。我们正在纳闷，就见宾馆大门口站了一位像小山一样的人，阿三说，昨晚送走了你们，哥几个又喝了一番，直到天亮，每人喝了二斤白酒，这才就地睡了一会儿。我知道你们着急，所以把手机都忘记带就赶紧开车过来了。

爬上山顶寺的人

走出宾馆，我们在阿三的带领下，车向呼市的西北方向驶去。穿过阴山山脉的大青山，翻过了一道道人烟稀少的山梁，一个多小时后来到了昭和草原。站在山梁上，顿时蓝天白云尽收眼底，一望无际的碧绿草原直铺到我的心坎里。那一顶顶雪白的蒙古包，那一群群撒欢儿的牛羊，那挥动鞭儿的姑娘，那身穿摔跤服的蒙古汉子……真叫人眼界大开，心旌荡漾。在喝过了奶子酒，吃过了烤全羊，领略了蒙古风情表演后，时光随白云逝去，晚风送我们到了“红格尔敖包”。

在没到敖包前，很早就听过《敖包相会》这首歌，当时理解的敖包是蒙古包的一种，今日来到红格尔敖包，方知敖包不是帐篷，而是牧民们祈祷神灵保佑的地方。红格尔敖包坐落在几十米高的一个山包上，由大大小小的石头堆砌而成，形状大小如同蒙古包，包的上方堆满树杈，上面挂有五颜六色的哈达。人们上香后，顺时针围绕转上一圈，然后在地下捡起一块石头，许上一个愿，随后把石头放在敖包之上，这样神灵就会保佑你吉祥如意。关于敖包的历史，据说有一千多年，阿三告诉我们，蒙古人爱干净，很早就有环保意识，他们在放牧过程中，把草地里的石头捡起放在一起，久而久之便形成大小不一的敖包。敖包是男女青年谈情说爱的地方，也是广阔的草原上的一个参照物和避风港，总之它是一个吉祥如意的标志， 所以时间一长便有了灵气，这就成为蒙古人上香的地方。

阿三讲的故事，激发了我们对蒙古人的敬佩之情，同时也让我们对阿三刮目相看。暮色降临了，夕阳为绿色的草原披上了金色的盛装。我们的车在回城的路上，我的心却丢在了草原深处。

雪 屋

心地善良的钟天民，在经历了特大暴风雪掩埋后，突发奇想，一招制胜。致富后不忘水深火热中的百姓，他完成了平生的夙愿，站在大街上为过往的穷人发百元现钞。

入冬，雪城迎来了一场特大的暴风雪。清晨，蜗居在三级跳坑底的钟天民，被盘旋在头顶的冷风凉气叫起，懵懵懂懂地穿好衣服，拎起夜壶打开房门就往外走。不料，一头撞在了软绵绵的物体上。嘿呀！钟天民吓了一跳，他慌忙打开电灯，惊魂未定地定睛一看，我的娘！这门什么时候让雪给封住了。

钟天民把夜壶放在地上，顺手抄起笤帚疙瘩用力捅了几下，不见透亮。他索性拉过小凳子坐了下来。面对这突如其来的怪事，钟天民心里酸不出溜地难受。夫妻双双下岗，儿子还在襁褓中，一家三口每天在等待他蹬三轮糊口。难道时运不济，老天也跟我过不去？钟天民呆呆地坐在那里，伤心透顶，沮丧万分。

丝丝凉气儿，伴着甜甜的雪香，一遍又一遍地沁入肺腑，慢慢地盘活了钟天民。想想人这东西它不同于一般事物，钟天民的内心又充满了生存的活力。他猛然站起来，找来一只铁簸箕，开始了穿越雪墙的行动。

雪墙究竟有多厚？他不知道。凭几十年的生存经验，这玩意也不过米数左右。于是，为了使阴冷的小屋不再受潮，他把铲下的雪小心翼翼地放在地上的一块塑料布上。然而他万万没想到，外屋放不下了，雪墙还未打开。

妻子闻声起来参战，不一会儿，雪白的双手冻得通红发麻，顿时心寒意冷。钟天民说歇会儿吧，这活我来干。妻说，你干？人都憋死了，你也捅不开，还是想法给外面个信儿吧。钟天民说咱家又没电话怎么给信儿？妻说那怎么办？钟天民说，老天爷饿不死瞎家雀，你情好吧。妻两眼木木地看着丈夫，这时就听儿子哇的一声被凉气灌醒，脸上除了泪水，什么也没有。

钟天民看一看正在哺乳期的妻儿，浑身上下来了蛮力。他脱掉棉袄，扔掉簸箕，一头扎进雪洞里，双手搂抱住积雪，用力向裆后刨去。嗖嗖嗖，那发疯似的动作，就像是一只打洞潜逃的鼹鼠。

时间一分一秒地过去，钟天民的身后又堆积起一堵雪墙，若不是看到雪粒在窸窣地抖动，妻还以为丈夫早已冻僵了。“天民！快钻出来吧，小心冻伤了。”妻抱着未满周岁的儿子，怪声怪调地喊着钟天民。

重新堆起的雪墙慢慢坍了下去，钟天民像雪人一样钻了出来。

妻把棉衣递给他，问通了吗？钟天民摇摇头，木然地站在那里看着足有三米多深的洞穴。

难道苍天真要灭我们？妻惊恐地尖叫一声哭了起来。随即儿子也不知深浅地嗷嗷直叫。别哭了！钟天民大吼一声，紧跑几步，随即做了一个饿虎扑食的动作，一头向雪洞里撞去，扑一声，雪墙终于被洞开，一股寒风卷着雪花吹了进来。

整整一个上午，钟天民和妻这才把门窗前的积雪清扫干净。望着房上院里铺天盖地的积雪，钟天民突然哈哈大笑起来。妻恐慌地问你笑什么？钟天民说我想这雪要是白面多好！妻说你疯啦！钟大民说我没疯？我有了一个计划。妻说别天天想这想那说疯话了，吃了饭赶紧街上溜达一圈儿，万一碰上个好心人坐三轮呢。钟天民说我不去了，以后也不去了。妻说那你要干什么？你是不是受了刺激？妻说着用手来抚摸钟天民的脑门子，被钟天民把手拿掉了。钟天民说，你听说过因纽特人吗？妻说就是电视上演的那些吃生鱼肉的人？钟天民说是，他们生长在北极圈的一个部落里。妻说咱这雪城零下三十多度，你还不嫌冷是不？钟天民说不是。妻说那是为什么？钟天民默默不语。妻说你倒是快说呀，不然，说我也不听了。妻说完用双手捂起耳朵。钟天民说这可是你说的不听，那我就不说了。妻知道丈夫在卖关子，说，你不说我也知道。钟天民说你知道个啥？妻说你上来洗耳恭听。钟天民把脑袋伸过来。妻说我告诉你。在说这话的时候，妻顺手抓了一把雪，塞进了钟天民热乎的脖梗里。钟天民一下跳了起来，他一把将妻搂在怀里，连鼻子带脸地亲起来。妻咯咯地乐得喘不上气。钟天民说我叫你使坏，边说边佯装着把湿漉漉的大手往妻的怀里伸。妻把温存的眼睛一瞪说，打住！钟天民说不！妻骤然间停止了笑声，双眼紧紧地盯住钟天民。钟天民把举起的手慢慢放下，说，你怎么啦？这时就见妻的两行泪珠顺着眼窝淌了下来。钟天民紧紧地搂住妻子，就觉得她周身在剧烈地抖动。钟天民说，不要想不开心的事了，从现在起我们要发了，要赚大钱，挣大票子了。妻抬起泪汪汪的脸看丈夫，就见那蜡黄的脸上有了颜色。钟天民说，富人们山珍海味吃腻了，咱们给他们换换口味。我们就利用这雪和冰，开一间北极客栈，主食以活鱼生吃为主，外加东北小吃。妻说行吗？我们哪有钱买北极冰海里的鱼？钟天民说，嗨，我们不会用草鱼代替吗，天寒地冻，少吃点鱼肉片，多喝点烈酒，我看没事，反正人家到咱这又不是为解饱解馋。那为啥？图个新鲜儿呗。妻说，你说行咱就行。钟天民说，我看错不了。

说干就干，经过十多天亲戚朋友们帮忙，一栋用冰和雪搭建的造型非常独特的“雪屋”在闹市区一块闲置的草坪上开业了。随着一阵阵鞭炮的喜庆声，街道办事处主任和工商所的一个哥们，为“雪屋——北极客栈”剪了彩。

霎时，“雪屋”在一拨又一拨新闻记者的造访炒作下，轰动雪城。社会名流，达官贵人，蜂拥而至。奇妙的设想，带来了意想不到的丰厚收获。短短一个冬天，钟天民夫妻摇身一变，居然成了百万富翁。

钟天民发财了，他着实高兴了好一阵子。然而，在一天清晨醒来之后，他突然像换了一个人，变得忧心忡忡。妻趴在被电热风鼓荡的暖融融的被窝里，问坐在床头大口吸烟的钟天民，现在有吃有穿，你还愁个啥？钟天民说，我做了一个梦，梦见苍穹里飘浮着一个声音对我说，一个人的幸福微不足道，只有让更多的人分享才是真正的幸福，我想圆一个让天下穷人都富起来的梦。妻瞪大眼睛问，就你，连身边的人都左右不了，还想让天下人都富起来？钟天民说，对，我明天就去申请专利，我要把“雪屋”的经营模式权无偿地提供给像我们一样夫妻双双下岗的家庭。妻说，行吗？等你申请专利下来，冰雪也就融化了，我看你还是解决一下四邻八家的困难吧。

听了妻子的话，钟天民一下子活起来，他用手扳住妻柔弱的肩膀，声音颤抖地说，今天是个好日子，咱们夫妻上街去。

火红的太阳冉冉升起，悬挂在雪城的东方，发出耀眼的光芒。清晨，在熙熙攘攘的人海中，流淌着一个美好的故事：在“雪屋”前，有一对下岗的夫妇站在那里，在向过往的持有下岗证书的人们发着面额一百元的大票……同时，他们千遍万遍地重复着一句话：只有自强自立，才能梦想成真。

花姐的风景

劳动人民的智慧在于它的实用和实惠。其实，幸福的制造很简单，巧借东风，免费旅游，中国式的夫妻工程队，开创了时代先河。

凌晨五点，一抹阳光照进板房，叫醒了熟睡的花姐。雾灵山庄的八月天，昼暖夜凉的温差把满山的山梨、海棠、山楂、板栗的树干催生得粗壮,把个虬枝繁茂的树叶滋润得青翠欲滴。太阳和月亮在这块地儿就像被随性而为的雨水洗了一样，洁净的白天晚上都想抱在怀里共枕同眠。花姐对着墙上挂着的梳妆镜，打理好一头乌黑的短发，然后找出一件仿真丝的素花短褂穿在丰腴的身上，这才打开了简易板房门，把暖暖的阳光放了进来。

老姐妹们陆续来到了山庄的空场，她们向花姐招着手，压低嗓子呼喊着她的名字。树丛中，花姐露出了灿烂的笑脸，她挥舞着手，沿着山庄的碎石小路，像鸟儿一样欢笑着飞出了层林，落到她们中间。于是，女人们打开巫山县的话匣子，叽叽喳喳说个不停。

“早上，冰球冷。要是男人在家暖被窝就好啦。”

“得了便宜卖乖。大夏天的，在哪找这份凉爽。”

“花姐姐，咋个是标志的女人，难怪王大哥得意儿得很。”

“啥得意儿，黑咕隆耸有啥子嘛？”

一群高矮不一的女人，簇拥着花姐说笑着向山脚下走去。

今天是个好日子，是夫妻工程队在雾灵山转播台干活收工的日子。花姐作为主管后勤的妇女领导，她要带领老姐妹们上山接男人回山庄，明天乘火车转场去湖北麻城。

菜市场在兴隆县城里的柳河旁边，女人们花一块钱乘 2 路车，坐了 5 站地，很快就到了早市。今天女人们很奢侈，所有的都选最好的买。鲜姜、葱、蒜、香芹和各种调料是雾灵山上自产的，鱼是柳河里的金背鲤鱼和大头草鱼，酒是兴隆产的老白干。她们要做地道的巫山烤鱼，上山犒劳自己的男人。

一群人说笑着上车下车，又走回了熟悉的山道上。

山路上散发着湿漉漉的水气，路边的樱桃熟了，女人们随手采摘几粒放进嘴里，然后哼着巫山小调向山庄跑去。

马不停蹄的快乐，很快到达整洁的厨房里，在好听的《巫山小调》中，一条条鲤鱼、草鱼，在女人们的手里，就像变戏法一样，清洗干净，装满调料，按照顺序放进炒锅煎炸，待到鲜肉泛黄挥发出淡淡清香，然后放进烤箱，十几分钟后，清香变成浓郁诱人的扑鼻芳香,色香味俱佳的巫山烤鱼就算做好了。

一辆金龙客车早已停在了广场的梨树底下，那是花姐打电话花五百元从县城叫来的旅游车。夫妻工程队的全体女人们，今天要一同到雾灵山一边观光旅游，一边接回半月没见到的男人们。

八月的雾灵山,青藤遍地,小溪潺潺,百鸟争鸣,绿树参天。漫山遍野红的黄的紫的金银花、红景天和许多叫不上名字的花花草草绚烂怒放，把女人们的眼珠子都看得五光十彩。

一路上花姐哼着巫山小调《小情哥，小情妹》，一脸的虹彩飞舞：

一杯一个酒儿嘛哟嗬喂

慢慢地斟啰哟嗬哟

我劝那个情哥嘛衣呀衣得儿喂，

你要吃清啰哟哟

小情哥呀——喂

小情妹呀——咧

花姐的音色非常好听，加上平缓动听的曲调，让车里的女人们兴奋地呼应起来。

“给力！”胖妹扯着嗓子叫个不停。

众姐妹喊着，“再来一个！”

……

女人们闹腾着，窗外的风景不时地进入眼帘，留在心房的暗室里。离开家快一年了。他乡的好山好水，让她们流连忘返，但是思乡的情绪始终没有停留在旅途的脚步中。

汽车左盘右转穿过了密林仙境驶向顶峰。司机是个老手，车在山道上，就像是在江海湖泊里行船一样，每一次拐弯，就像漂移一次，女人们的心就荡漾一次。

一个小时过后，车开上了雾灵山顶的停车场。女人们还没下车，男人们早已挥舞着小红旗，站在山顶，等待着自己的女人到来。

阳光下的雾灵山五彩斑斓，山风刮过清凉透体。

花姐下了车，打量一眼通往山顶的数百个石阶，刚要招呼女人们下车，就见男人们迫不及待地冲下了山。跑在最前面的那个瘦高挑的老小伙就是花姐的爱人。

大河的平静生活

人生总会有起起伏伏，当你处于波谷，千万不要灰心，即使一生波峰不会到来，也要把波谷当作修身养性的道场。上帝不会为你关上一扇门，当然也就不会为你打开另一扇窗。要想走出困境，我们只有乐观地面对生活。

白洋淀的台田上，有一座红砖大瓦房，瓦房的四周种着绿油油的菜，菜的四周是蓝汪汪的水，蓝汪汪的水里有一条快艇和一条小木船。从天上看，红砖大瓦房就像碧波荡漾在白洋淀里的一座庙。从地上看，红砖大瓦房就是一处曼妙的田园。清晨，红砖大瓦房里走出了方脸黢黑的六旬汉子大河，他嘴里哼着小曲，手里拎着茶水杯，闲庭信步地上了小木船。

撑一支长篙，木船就像喝醉了酒，摇摇晃晃穿过了荷花淀，驶入了墨绿的苇塘，停靠在幽静的台田前。大河兄熟练地从水中的木桩上解下绳索，慢慢地收起叫作地龙的渔网。于是，一条又一条一手大小的鲫鱼、鲤鱼解脱了网眼的束缚，蹦跳到了大河的清水船舱里。

收一段地龙，喝一番茶水。一顿饭工夫，火红的太阳上了苇尖儿，快乐的船儿在大河兄哼哼的小曲中，慢悠悠地开始返航了。

船儿靠岸的时候，大河嫂早已喂完了鸭、鹅，站在河边只等大河兄归来。“他爹，起了个大早，赶了个晚集不？”

“他娘，说什么呢，满淀的鱼虾和咱都是亲戚，怎么也得给兄弟们凑盘菜。”二人说笑着，逗着贫嘴，把鱼倒进了院中间的鱼池，然后挑些大个的鱼丢进洗鱼盆里。

大铁锅安在天地之间，里面盛的是白洋淀的水和鱼。灶是淀泥烧制的青砖垒成的锅台灶，里面烧的是白洋淀的芦苇。小火慢炖的工夫，一盘盘鱼鳞粉、黄花菜、咸鸭蛋、熏泥鳅上了丝瓜架下面的八仙桌，单等大锅里的贴饼子、熬小鱼冒出了扑鼻的香味儿，大河嫂这就开始和杂面(一种绿豆面)，做嘎鱼汤。

日头快要到中天了，大河的手机响了起来。他高兴地对老伴说，小兔崽子们可来了！这就像孩子一样撒着欢儿，跑到淀水边，跳上了那条崭新的快艇。

快艇像一只兔子在水面上窜来窜去，驶向天边的千里堤岸。

早就听说大河十年前在白洋淀小岛上建了一座美丽的桃花源，但是有缘无分，我一次也没来过。这次是我以旅游局长的身份，前来拜访我的前任。说句实在话，我和大河年龄相差二十岁，但神交已久。因为，大河在白洋淀那是有名的人物。那年，为了发展白洋淀旅游，他进京下卫，动用了一切力量，建起了白洋淀机场。飞机上天了，可是不久，不知为何大河下岗了。原因是有人想要承包机场，大河没答应。一来二去，领导说大河老了，提前下岗到小岛上检查过往的旅游船只。不久，机场包了出去，很快就黄了。天大的冤枉，搁在别人身上早吃不好睡不着。可是大河却不是这样想，他说待遇不变，工资不减，天天没事，带薪修行，哪里去找这样的好事。从此，大河带上老伴，在岛上一住就是二十年。

快艇到了千里堤，我和我的同事们上了快艇。亲热的嬉笑过后，快艇开始了高速“S”行进，三转两转，淀水打湿了衣衫，笑脸上挂满了水珠。快艇驶入河道，速度慢了下来。我看着得意忘形的大河，问他，你告诉我真心话，当年领导罢官让你来守岛，你就没一点想法？

大河哈哈大笑起来，他说，没想法那是傻子，堂堂一局之长，一夜之间贬为庶民，我想不通。不过，来到小岛后我日渐发现，孤独寂寞，让我学会了思考。简单的清贫日子，让我学会了舍得和包容。听了大河的话，我无言以对。墨绿的苇墙伴着我们的倒影，潜行在碧波荡漾的白洋淀水里 。幸福在哪里？幸福就在美丽的大自然里。我在思考，天上的小鸟却在笑。冲出迷宫般的台田、苇塘，小岛就要到了，我老远就看到了那片红砖大瓦房，还有满头白发手搭凉棚的大河嫂。

第八辑　叙事光碟

人生不仅有诗和远方，还有流金岁月中如歌的凡人小事，偶然的相遇，必然的经历，构成美丽的画卷。让我们一路采撷，一路陪伴，一路幸福，一路快乐。从平凡中发现闪光的人和事，借以装点我们的生活。这是一件多么利己利他美妙的事情。

像素人

新的环境，带来的是观念上的改变。换位思考，会让格局提升，心情豁然开朗。

我和老伴拎着大包小包，走进了这片浑身五颜六色像积木一样的大风车楼群，一夜之间成了北漂一族的带薪保姆——北京像素人。

每天要做的第一件事：下楼买菜。我不知道去往哪个方向，保安说，他来这里三年了，也分不清东南西北。像素的绿化很好，到处郁郁葱葱，通往菜店的路有多条，曲曲弯弯，千回百转，走着走着几乎回到了原点，看似近的未必近，远的未必远，反正每次从右侧进入，必定靠左走回，因为在视觉中，菜店对于我所居住的楼宇，这样的路程是最佳选择。

菜店在小区里很平常，而且很多，我不知道哪一家最便宜。自从办理了退休手续，我就变得小气起来。薪水的锐减，花销的增大，不得不让我有时为了花几块钱买菜，都要货比三家。不得不这样，因为同样的菜，在这里有着不同的价格。譬如，一小把儿小青菜，不足一两，有的菜店要 4 元钱，有的要 3 元钱，几步路就差了 1 元钱。同样，一把儿小葱，这里要 3 元，别处要 2 元。所以我必须穿插着去买。许多时候很难为情，因为菜店虽小，但全部是开放式的卖场，手里攥着一把儿小葱，或是一把儿小青菜，总觉得不好意思，有时还要说明。我知道这样的后果，会常常受到一些店主的轻视，因为在这里居住的无论是外国人，还是中国人，大多是年轻人，无论贫富，就是豪爽，他们从不问价格，只是按照店主所说的价钱，用手机扫码就是了。

我不会用手机扫码，也不会讲外语。所以每次遇到肤色不同长相迥异的外国人，总是会心一笑。遇到中国人总要寒暄几句。我的楼下，是个北京人，他也是退休后帮儿子带孙子的 50 后。他告诉我，南北区之间，有一个广场，那里全是我们这样的人。

阳光明媚的一天，我和老伴推着孙子到广场晒暖，我发现了一大片和我们一样的人群。闲谈中，不是姥姥姥爷，就是爷爷奶奶。原以为我的岁数不小了，敢情也就是个中等。顿时，一种莫名的惆怅才下心头，又涌上眉间。40 后，50 后，60 后，整整三个年代的人，我们的晚年难道就在像素婆婆妈妈的油盐酱醋中度过了吗？老伴说，这不很好吗，这一辈子总算跟儿女在一起了。

在广场的西口（我总觉得是南口）左侧，有一个烘焙店，我在推着孙子遛弯时无意间走了进去，发现这里的面包奇形怪状价格非常昂贵。我问年轻的店家，为何？店家说，你没注意到店名——英伦时光，我们是从英国学来的手艺。在我的意识里，艺术是不能拿金钱来衡量的。于是我花了几十元买了两块黑面包，随后好奇心驱使我逗留下来继续聊天。店里除了我之外，几乎看不到其他的顾客，偶尔进来一两位，也是转转出去。闲聊中，我发现了戳在地上的告示牌子，上面写着：买卡，100 顶 120 元。于是，我买了 200 元的卡。

几天后，我到英伦时光买面包，果真消费了 120 元，算下来只花了 100 元。又过了几天，我又到了英伦时光，门没开，我以为我起得早了些，所以转身回了家。又过了几天，我又来到英伦时光，门上挂着一张出租转让的牌子。我不解，问保安，这里的人去哪了？保安说，关张了。为什么？不赚钱。我说，关门为何也不发个告示？保安说，人家关门的那些天，在门口写了退卡告示，你可能没看到。

没看到就这样不明不白地走了？我卡上的钱怎么办？我有些愤怒，也很无奈。当我无语地转身要离开时，保安突然问道：你是不是要退卡？我这里有店家留下的手机号。看着保安，再看看四门紧闭的店铺，忽然，几位年轻人忙碌的身影浮现在我的眼前。创业太不容易了。须臾，我心头一热，说，没有，我只是想念他们的面包，太好吃了。

巫山纤夫·女孩

美好的景色，孕育了勤劳质朴的巫山人。当我们深入其中，感念一方水土，一方人，是他们的牺牲小我，换来了大家的欢乐。

船至巫山县码头，阳光灿烂的天空忽然飘起小雨。放眼巫山之上陡然云封雾锁的山城，顿生一种似曾相识的感觉。是“除却巫山不是云”的千古绝唱？是《巴山夜雨》那清幽的街道，古朴的堂舍，淳厚的乡情？还是被巴蜀那特有的一张八仙桌，四条长板凳，一壶香茗，老少爷们大摆龙门阵的民俗所吸引？说不清的一种情感，一种向往。

阵雨过后，旅游车穿越了古老的巫山县城，倏然闯进眼帘的是横锁南北双峰的龙门大桥，它跨度100米，桥身距水面102米。远看近瞧，虽不如武汉、南京长江大桥之宏伟，倒也别具特色。溯流而上，船至桥下，抬眼相望，大有千山飞虹、碧空落玉之感。大宁河由上游山泉水汇合而成，且喜流程没有污染源，所以河水清澈见底。水下五色斑斓的鹅卵石，大如皮球，小如鸟蛋，密密麻麻，层层叠叠。飞翠流玉的河水，在一个个回流、落差处，涌起朵朵洁白的浪花，轻溅慢落在奇石怪岩上，惊起一群群绿衣红尾或黑体白翼的翠鸟和山雀。扑棱棱，她们脆声声地唱着动听的歌儿，飞向由无数个白花花的鹅卵石组成的银窝滩。河滩上，村姑们三五成群或蹲或站在河边、水中浆洗衣物。清泠泠的大宁河水映衬着一张张靓似皎月、楚楚动人的秀脸，构成一幅绝妙的众西施浣纱图。一件件红的小褂，绿的裙裤，黄的衬衫，粉的围巾，平平展展，舒舒服服地轻睡在卵石上，远远望去，就好像片片绿荷枝枝红梅点缀在十里玉滩。船过了熊猫洞，驶进了琵琶洲，在这个被湍急的河水冲积而成的马蹄铁形状的小洲，由于滩险浪急，游船马力不及，我们照例像在银窝滩一样，下船登山观光，然后再翻山乘船。山道上有很多摊点和房舍，多少有些像泰山顶上的天街。穿过满是柑橘、柚子和各种小吃、纪念品的商道，独立山巅，俯瞰大宁河，但见峡谷幽幽，碧水一线，奇峰鹤立，竹木葱葱，我仿佛坠入百里画廊之中。

在琵琶洲，我看到了大宁河的纤夫。这是一群身材不高，但看上去非常结实的男人。他们有的赤裸脊背，有的上着一件红色或蓝色的背心，下穿五颜六色的短裤，双脚有力地蹬踏在浅滩的河水中，一声声劳作的号子伴随着百鸟啼鸣，融入欢腾跳跃的大宁河。虽说已是阳春三月，河水依旧很凉，用手触摸得稍久一点，会有一种寒气逼身的感觉。汉子们好像不理会这些，看他们那一张张刚毅的面孔和满是条形肌肉的双腿，会使你感觉到一种力量的所在。

船又启程。我们尽情领略了巴雾峡的猴子捞月、乌龟下蛋天然雕塑的风姿和千年不解之谜的悬棺、古栈道人文景观。随后，穿过双龙镇和水帘洞，不知不觉进入了一个满目绿意碧水连天的峡谷。神秘莫测的滴翠峡，古木参天，奇景诱人，一只只顽皮的猴子在摩崖岩佛像和天泉飞雨间的山林里时隐时现，一对对恩爱娇艳的鸳鸯嬉戏于青翠欲滴的水面。山上山下，浑然一体，犹如一个巨大的盆景，兀自矗立在天地之间！

当我静坐船头独享美景的时候，船至绵羊崖转弯处。留着小平头的船老大告诉我们，他的家乡虽然很美，可是这里交通不便，许多山民还没有脱贫。在他说话的当口，我这才发现船的右舷卵石滩上，有一个八九岁的小女孩在奋力地奔跑着。小女孩上穿黑色小褂，下着花格短裤，赤裸着双脚，她一边努力地与船头保持着平行，一边高高地举起右手。开始我以为这孩子太顽皮，后来仔细一瞧她那满是严肃的小脸，如入五里云雾。船老大见我不解，说，你猜她这是干什么？她这是饿了……须臾，我恍然大悟。于是赶忙招呼同伴把随身携带的面包掷过去。同伴刚刚站立船头，就见尾随着前面游船的十几个孩子，一齐扭头向回跑。我说快！同伴不敢怠慢，用力把一个面包扔上岸。这面包恰好落在小姑娘脚下，她急忙拾起来，用一只小手紧紧抓住搂在胸前，另一只小手在等待着下一个。可惜小姑娘再没这个福分，其他的面包和广柑被别的孩子们抢走了。船远远地离开了卵石滩，望着小姑娘疲惫的小脸，我的心里再也乐不起来了。

游船到达登天峰，我无心下船去小三峡观光。返航的路上，我的脑海里总也忘不了小姑娘那张四鬓汗流的稚嫩小脸和那双红红的小脚丫。于是，我把放在舱底的面包、鸡蛋和矿泉水统统用塑料袋装好，准备在绵羊崖掷给她。然而，船到时，卵石滩上一个孩子也不见了。船老大说，你看看表，这会儿准是两点整，孩子们都上学去了。

大宁河水载着我的遗憾回到了管理处，下行不远，是高塘观。在这个大宁河水与长江水的交汇处，我伫立良久。我想：风景名胜区不宜发展工业，国家是否可再多投些资金给予支持？回望天堑变通途的龙门大桥，回想那条孕育了经济繁荣的商道，幻觉那座不曾谋面的希望小学……我忽然发现，大宁河水不仅没有被吞没，而是挟滔滔东去的长江之势，一泻千里流向了大海。

我说，小三峡景色美，她虽比不上大三峡雄险博大，但她更具千景相连、万千变化、别有洞天之独特魅力。我说，小三峡人更美，女人俊丽，男人强悍，孩子们向往美好未来的心灵，就像大宁河两岸盛开的杜鹃、百合花，一山的血色火红，一山的洁白如玉。

三清山断章

名山大川，家国情怀。美景的背后，是深深的思考：人与自然如何相处、合理生存？是一个恒久的话题。

1

从南山索道上三清山是一个不错的决定，平均海拔高度1500米的主峰景区，2400米的行程，足足用时40分钟，老索道慢是慢了些，可方便了游人细细品味山景。2008年10月27日，整个江西阴沉了三天三夜的天突然放晴了，我们如期融化在三清山的风景里。索道在慢慢启动，小溪淙淙从脚下流过，青山扑面而来，一派淡淡地温润清香气息。当吊篮翻越了一座座小桥、亭榭、山峰，山谷豁然打开，蓝天白云下一群仙风道骨般的皑皑石峰横空出世，或坐或立，或喜或怒，或歌或舞，或思或想，或传经或布道，一个个栩栩如生地站在我们面前。我被眼前的三清绝景惊呆了，就像初恋时第一次见到我的亲密爱人。我去过一些名山大川，它们风采迥异，但能够给我留下如此震撼的山峰，当属三清山拍案叫绝的天外来客“观音赏曲”。

上得山来，游了西海岸国内最高、最长的栈道，眺望了玉京峰雄、险、奇、巧的绝妙，满目苍翠，心生美景。放眼景区，到处峰峦竞秀，景旷壑深，树木茂密，溪水潺潺。可以说，整个三清山那是山中藏景，景中藏山，看山是景，看景是山。三清山实在太美了，美就美在婀娜多姿的绿色植被攀附在形状怪异、坚硬无比的花岗岩石之中。当然，来三清山赏景，“三清福地”不能不去。二百多处观、殿、池、泉等景观的三清福地，无不彰显着玉清元始天尊、上清灵宝天尊、太清道德天尊“道法自然”的思想，我以为这是三清山的灵魂，三清山的厚重的文化底蕴所在。因此我们说，三清山是一座秀外慧中、内外兼修的旷古罕见的仁者之山。然而，他不是一座名山。一个主要原因是他开发的比较晚，尤其是宣传力度不够，这就势必造成了其他山脉先入为主的强势地位。据我所知，最早登上此山的文人，也只有当代的著名诗人秦牧，他在晚年曾留下诗句：“云雾的家乡，松石的画廊”。只可惜当代文人的号召力远远不及古代文人。据说，前些年美国国家公园基金会主席保罗先生到三清山后说过这样一句话：“三清山是世界上为数极少的精品之一，是全人类的瑰宝。”这话是美国人说的，人家是名人，讲话极有见地，又有权威，只可惜江西是老区，上饶又不富裕，三清山这些年也就依了山名中的“清”字，清清静静依然故我。但不管怎么说，三清山，山是一座好山，景是一片好景。

2

常言说，游山玩水需要好心情。然而，我的好心情却在下山时变得忧心忡忡。原因是，我邂逅了一位云游的师父。

我给那个邂逅的地方取了个名字叫观景台，那个地方在西海岸栈道下面，像探出去的一只龟头，二十多平方米大的地方，用花岗岩石栏杆拦着。我原本是躺在这里休息的，本想闭上眼睛沐浴三清山的阳光普照，打开鼻孔吸纳三清山的天地灵气，借以舒缓一下疲惫的身心。不料我与师父有缘，我先是闻到了一股香薰布衣的味道，然后在刺眼的阳光里，我看到一颗青光闪闪的头颅，一位身材瘦小、眉清目朗的僧人站在我的面前。我不信佛，也很少同僧人打交道，一生中这是第三次。一次是同家乡的明心师父，因为我们都是政协委员，坐在一起开会，聊过一次天。一次是去西藏途中，同住在下铺的藏巴额热师父交谈过。师父是有名号的，而且带着戒牒，他的家在四川的一座城市，今年四十多岁，出家十七年。我问他为何出家？他说了两个字，逃婚。师父告诉我，他曾就读一家佛学院，后来去了五台山。我问他来三清山云游，回去是否会写一些东西？他说，前些年会是这样的，现在没有了心情。我问为什么？他没有直接回答我，而是把目光投向了一座座山峰。师父在看山，我也跟着看山。山上除了满眼的秀林万木、云涛雾海、奇峰怪石，再就是风清气爽、阳光明媚的天空。我在等待师父回话，可是他还在看着远方。我把目光伸向了更远的远方，远处的山是墨绿色的，只有山形，没有山景。须臾，师父把目光收回了眼底。我看到，近处的山是翠绿的，只有山景，没有山形。看着看着，我忽然发现师父的眼神又转向近前的山谷里。我终于看见了，山上的树木枝丫交错，非常混乱，许多头冠已然垂下、干枯，即使那些顽强生长在悬崖峭壁岩缝中的红豆杉、云松、青秆树，许多树根已暴露在外，看上去极度伤感。三清山同大多数江西、湖南、湖北的姊妹山一样，在春季遭受了百年不遇的冻雨袭击，蒙受了极大的痛苦与伤害。若不是五月让世人都会失去以前记忆的汶川大地震，这场冻雨至少会在当地人心中融化一百年。然而，三清山即使这样伤痕累累，依然挺起美丽的胸膛在笑迎八方游客。我想，这就是大自然无私的美、淳朴的美，人类期盼的美啊！

游人络绎不绝的向着南清园、西海岸、阳光海岸、三清福地景区蹒跚前进，人群中多是中年人，也有古稀的老人。在古栈道题壁前，我曾见到一位八十岁的老太太，在儿子和媳妇的陪同下，居然向游客罕至的三清福地登去。当然，我在那里休息时，也见到了刚刚从北峰上山，然后绕景点一周，准备从南峰步行下山的几个年轻人。还有嗖嗖一溜小跑从三清福地云游归来的披头散发的道士，他身后不远处，还有一位步履轻盈、神凝气定、面目清秀的道姑。当然，最让我难以忘怀的还是那些挑夫，他们干瘦的肩膀上挑着一百多斤重物，一个个汗流浃背、步履沉重，没走几步，就要用一根木棍支撑住扁担歇歇脚。我看到，扁担一头的重物是放在上方的台阶上的，木棍支在后边，这样省去了挑夫更多的起落力气支出。我想，游人空手上山都累得满头大汗，挑夫们这一天天的日子也不知是怎么熬过来的？

慵懒的阳光照耀着师父的头顶，点点朱红吸引着我的注意力。我问师父，这是上香磕头磕的吗？师父笑了，他说，这是在三清福地景区，不小心摔倒让树枝扎的。我说你们出家人来这里非要去三清福地吗？他说没有庙宇、道观的地方不会去的。我说全是这样吗？师父说，不，有时也不是这样的。师父说这话时脸色有些阴沉。他长长叹了一口气说，庙里也不是一块净土了。师父一句话，惊得我目瞪口呆。我问师父为何这样悲观？他说，我在寺院里十七年，真真假假的东西见得太多了，假和尚坑蒙拐骗，坏了我们真和尚的名声，然而，我们有些真和尚又何尝不是念歪经呢。

师父讲了许多他见到的人和事，有些事绝对是第一次听说，我内心十分震撼。看着三清山这片美丽的出神入化的景色，我却黯然神伤。不该有的长谈，他让我了解了那片神秘而又圣洁的庙堂的现实。

我与师父在到达南山索道前的一个平台处分了手。师父走着下山了，我要乘索道。因为等同伴，我在这光秃秃的没有任何建筑物的平台上面走了一遭，发现这是一处被拆除的楼堂馆所，它的右面是一个个巨大的、浑圆的花岗岩卵石，仔细一看，卵石只剩下了一个壳，里面都被掏了一个黑心大洞，真叫人痛心。

3

天即将黑下来的时候，我们乘上了末班索道。下山的人不是很多，每个吊篮里只有一两个人。上山的人更是稀少，一排排吊篮都空着。在山腰处，有几幢黑顶的二层小楼，院里有一块巨型鹅卵石特别醒目。我看到了师父同几个挑夫钻进了被掏空的鹅卵石隧道，然后同溪水一起流淌出来，消失在山谷之中。

索道在缓缓而下，我的心绪却在急剧升腾。我在想，这么多吊篮闲着，为什么还用挑夫？我回答自己，不用挑夫，他们及家人如何生活？沉思，良久。一路走下来，如同酒醉、梦游。三清山啊三清山，你一千六百年的道教历史，教化苍生“天人合一”，顺其自然。然而，你三清观里的晨钟暮鼓，何时能唤醒世人的贪婪大梦？

三月，北戴河看海

每一个年龄段，总会打上一个年轮的思考烙印。十年为一个段代，有它深刻的道理。总结过去，是为了卸下负载，对标理想，轻装前行。

北国三月，乍暖还寒，悠悠天地之间依然无红无绿苍茫一片。在这个本不是游春的季节，一辆老车，穿过喧嚣的大都市和寂静的乡村，驶向千里之外的北戴河海滨。

莫名惆怅随着路途的颠簸阵阵袭上心头：人到中年这才咂摸出一点味儿，敢情人这一辈子活着不容易。三十岁以前的那份冲动，那份豪气，顿觉是那般“少年不识愁滋味”，如今“却道天凉好个秋”。事业——家庭——自我，由一根无形的链条紧紧捆绑在一起，一切远大抱负在自我的解脱中，在活生生的现实面前，是那样遥遥无期。敏锐的思维，在三思、谨慎、老道、城府、干练、沉稳等等字眼的说教中，显得非常幼稚可笑。我时常为自己功未成、名不就而烦恼，却又常常为过去取得的一点成绩而沾沾自喜。悲喜交加过后，却又是茫然的疲惫不堪，身心俨然一个长途跋涉的旅人，总想找个地儿歇上个一时三刻。老了吗？有时我扪心自问。尽管感觉依旧童心未泯，可现实并非如此。在长者面前，我是条顶天立地的汉子；在孩子面前，我是至高无上的大人；在妻子面前，我是一家之主的丈夫。无情的皱纹爬上了红光满面的脸不再爬回，留下的是一道道时光的烙印。早年笑话妻怀胎八月的戏话，开始在自己身上灵验，那异军突起的腹部，那肥鸭子似的走路方式，真让人倒胃口。这就是我吗？一个当年英俊潇洒的军官。无奈何，岁月的蹉跎将我塑造成这般模样，美也罢，丑也罢，反正都属于我自己。

风凉了，耳廓中响起阵阵波涛声。在离海滨疗养区还有一段路的地方，车停靠在沿海公路旁的沙滩上，为的是还我们一个看原始大海的夙愿。于是，一行人急急下车，踩着脚下柔和的阳光、沙滩穿过野生的树丛，登上一座小沙包。啊！蔚蓝的大海顿时呈现在眼前。

这就是闻名遐迩的北戴河海滨么？看天如海，看海如天，天海一色，蔚为壮观。我曾读过杨朔的《雪浪花》，也学习过毛泽东的《浪淘沙·北戴河》，我仿佛看到了那黄金海岸上踏浪的少女风姿绰约的倩影，还有那魏武帝东临碣石扬鞭催马指点江山的风采。当然，令我感受至深的正是伟大领袖毛泽东那气吞山河的博大胸怀！

三月的海滨，虽不见如潮的游人，但涛声依旧。极目远眺，但见一艘艘巨轮从平滑转动的海水中浮上眼帘；回眸潮头，只见星星点点身着胶皮衣裤的赶潮人在张网捕鱼。难得这份孤独，这份清静，这份悠闲，我来看大海，大海也在看我，这是何等的富有和幸福啊！

在大海面前，我的心胸豁然开朗起来，不禁从心底发出一声感叹：大千世界还有什么恩恩怨怨？功名利禄算个什么东西！

“大海——你好！”

“大海——我们来了！”

在一片呼唤声中，我们竟像顽皮的孩子，连滚带爬冲下沙包，一个跟头连一个跟头翻滚到潮水冲刷过的湿漉漉的沙滩上。一群海鸥惊飞了，在离我们不远的海岸上又落下来，它们在觅食赶潮人网上来又丢弃的小虾和小鱼。

雪白的浪花在翻卷着，编织成一道又一道无尽头的丝带，叫着“奋进——奋进——”的号子冲上岸来。我们漫步在海鸥飞过的地方，不时地弯腰捡一些被海浪冲刷上岸的五光十色的小贝壳，偶尔还有一只小海星或小海螺。

“喂，这是什么？”

我在追逐浪花的时候，忽然发现了一个核桃大小长相酷似青石榴的海洋软体生物。我把它捧在手里，轻轻一碰，那满嘴的针状触角便慢慢收回。过了一会儿，它又悄悄伸了出来。这小东西挺好玩儿，可我们又叫不出它的名字。

当海浪再次涌向海岸之时，我把这小生灵放归大海。望着瞬间消逝的它，我感到了一种从未有过的超脱。大海啊，你永远不知疲倦地把一切无私地奉献给人类！人啊，面对大海，我们还有什么不满足？还有什么理由不进取？

要走了。我把大海装进了心里，大海也接纳了我，那纯净的沙滩将埋下一颗刚刚得到净化的灵魂。虽说此生不能生于此，死亦不能长眠于此，但我的灵魂将永远陪伴着大海！

春之北戴河，我的再生之地！

汤旺河人家

大山深处，是希望所在。父母安康，是儿女的福分。美景美色美好心灵，唤起我们对家乡的思恋。

通往红山所的道路正在修整，所以我和我的朋友从上甘岭区政府所在地，只坐了大约一半路程的出租车，便在汤旺河支流的一处小桥前下了车。凌晨五点，小兴安岭林区早已天光大亮，蓝天白云下的山林，云雾缭绕，墨绿一片。我和朋友沿着长满了灌木和高大红松、云杉、落叶松的山道，陪伴着像铅水一样流动的小溪，呼吸着扑鼻的松香，耳听着啁啁鸟鸣，一路走去。我们要去的红山所林场，原是小兴安岭林业局的一个下属场站，几年前上级下达了停止采伐的命令，昔日热火朝天的林场，慢慢褪变成了寂寞的部落村庄。

河水翻着无色的浪花汩汩流淌着，两岸不时可见土灰色的木屋和零零散散的原木。河面上飘起一层雾气，送来阵阵凉爽。朋友告诉我，这条河叫汤旺河，是季节河。河水从山上淌下，别看现在是七月的伏天，照样冰凉扎手。

我下到河边，触摸河水，真没想到，这宽宽窄窄、深深浅浅的溪流，就像是刚刚从冷库里流出，清凉爽身，十分惬意。于是，我联想到昨天到达上甘岭的感觉，尽管白天的气温高达三十多度，晚上睡觉却要盖上被子。看来朋友所说的，小兴安岭是个天然氧吧和避暑胜地，此话不假。

说笑中，我们来到了朋友的父母居住的红山所房前。这是一处典型的东北农家小院。院墙紧贴着村中向外延伸的黑土路，一人来高的院墙由石块垒起，中间有一座简单的柴门楼。进得里面，这才发现，院子很大，且不规整，其他三个方向都没院墙。东南方向是一个足有四百多平方米的鱼塘，西北方向是一畦畦绿油油的小葱、韭菜、芹菜、生菜，对着柴门是一幢尖顶子红瓦、窄瘦门厅、大厚墙壁的丁字房。厅门打开了，一条雪白的京八欢蹦着跑了出来，朋友的母亲，一位皮肤白皙、安稳祥和的老人迎接了我们。随着一阵吸烟过后的习惯性咳嗽声，从房屋的南面走出了中等身材、长脸黑红的男主人，我朋友的场长父亲。几句热情的话语过后，我们一同走进了起居室。此时我才发现，房间不是很大且非常干净，可以说一尘不染。地板是用红漆漆过的红松木地板，墙壁四白落地，一条东北常见的红漆大躺柜，沉稳地摆放在迎门的地方，右侧是一条东西走向的南北大炕，对面是一对盖着钩花白线巾的老式沙发。主人把我让到沙发上坐下，然后递过香烟，沏上一壶茶。我不会吸烟，只是喝茶。

朋友的父亲为我再次添满茶水后，出去了。借此我与在丈夫面前不爱多言语的大婶攀谈起来。大婶说：这里原来的日子可好过了，木头有得是，家家不愁没钱，现在不行了，上级让种树，不让伐木，所以年轻人都出去了。我说，这里景色这么好，为什么不搞旅游？朋友接过我的话说：政府正在开发这块儿，可就是来的人不多。我问为什么？朋友说，穷，没人愿来，你想啊，一家工厂也没有，光靠拾点山货卖钱，多会儿建起星级酒楼饭店。我说，错了，现在讲究的是生态旅游，越原始越好，关键是意识。朋友笑了，他说，想钱的事，东北人不比南方人差，你看这全世界，哪儿不是东北人？

朋友的父亲出去后不久，带回了一把紫色的树枝，上面长着圆圆的像叶芽一般的绿叶，还有如同豌豆粒大小的黑黑的野果子。他说，这叫黑加仑，是一种营养价值极高的药材，有一种酒就是用它酿造的。我接过树枝，揪下一颗黑加仑放进嘴里，酸酸的，甜甜的，这东西的味道很鲜美，有些像我们家乡的野茄，于是，捋下一串惬意地吃起来。

看着我吃下一颗又一颗果子，朋友的父亲笑了。我问他为什么笑？他说几粒野果子就让你如此高兴，那我们的漫山遍野的野味和榛子、松子、核桃，还有青山绿水，不愁引不来游客。大叔一席话，让我明白了守望的意义。

当太阳跃出了小兴安岭山林的怀抱，映红一塘池水的时候，我们与二老告辞。临行前，朋友的父亲告诉我们，以后要多腾出点空儿，再来小兴安岭，那时我这里就是最美乡村客栈了。

老同学

世间最珍贵的莫过于同学和战友的情分。记住一段人生格言：活到老，学到老；学到老，才能活到老。人生就是在不断学习中成长。

大巴车穿行在海拉尔去往满洲里的草原路上。马班长从车后至前，兴高采烈地一边发放着防晒服、遮阳帽、水和小吃，一边询问昨晚的休息情况。车载电视里播放着《成吉思汗》招娃娃亲的桥段。班长把声音调小，忽然问了一个有趣的问题，你们猜我多大成的亲？同学们一听来了精神，从二十岁，一直猜到十五岁。马班长说，你们都没猜对，我十四岁结的婚，知道为什么吗？这时电视里的两匹骏马在秀恩爱，班长说，我生在草原，长在草原，天天看这些多了，又吃肉喝奶发育快，所以早早的就失去了童子身。

班长是蒙古人，从不开玩笑。所以对他的话，即是假的，我也会信以为真。但是，此时此刻的班长，他是在尽量调动我们的情绪，因为车窗外的景致太美了。蓝天下的白云一朵朵迎面而来，初夏的大草原像金色的缎面铺向天际。羊群、牛群，还有散养的马群，不时从车的一侧邂逅而过，此时我才发现，车早已离开了高速公路，驶向了草原深处的牧场。身旁的马来西亚同学，悠闲地打开了手机，里面飘来《呼伦贝尔大草原》的歌声。这时就有人提议班长唱首歌，因为，昨晚在呼伦贝尔宾馆我们有幸见到了这首歌的曲作者乌兰卓嘎。班长和他是老朋友，所以把他请来与我们相见并畅饮。我是在第一次聆听歌曲《父亲的草原，母亲的河》后，忽然对词曲作者肃然起敬的，这次终于如愿以偿见到了曲作者真人。班长没有推辞，他手拿导游喇叭，为我们尽情演唱。当唱到高音区，他的声音有些嘶哑，但是音准和幸福的味道好极了。

汽车在优美的歌声里驶向呼伦贝尔大草原的深处，一望无际的天边出现了一片洁白的蒙古包。当我们的高大旅行车到达时，蒙古包里钻出了身穿五颜六色民族服装的男男女女，把我们迎进了硕大的中心帐篷，他们嘘寒问暖，端来奶茶、奶酪和水果，请我们坐下休息。班长说，稍歇片刻，我们去看套马、摔跤。大家还在品尝小吃的时候，我溜出了蒙古包，好奇地打探起营地。乳白色的厨房里，人们正在忙碌午饭，新鲜冒油的烧烤，热气腾腾的炖羊肉，满屋都是食材调料的香味。好客的蒙古妹子与我打着招呼，邀我品尝烤串。我摆手谢过。看看门前欢蹦乱跳的两只小狗，还有拴在栏杆里的两匹高头枣红马，我真的喜欢上了这里。

体态健硕，身高足足有一米九十，体重有一百多公斤的跤手们在万马奔腾的套马表演结束后，为我们表演了蒙古式摔跤。他们特有的捉对厮杀和胜利者的跳跃舞步，让我们看得如痴如醉。表演结束了，班长邀请跤手们进蒙古包畅饮。我们五十名同学走进了来时歇脚的中心大帐。一盘盘飘香的手扒羊肉、羊肉串、羊蝎子、羊杂碎、羊杂汤为同学们摆下了盛情的全羊宴。班长和内蒙古的同学们忙前忙后招呼着大家坐下，然后他和漂亮的内蒙古女同学阎女士分别为大家斟酒。闫同学一袭白衣，颀长的脖子上系着一条粉底的五色丝巾，从走出海拉尔机场把哈达献给我们的那一刻起，她就像一朵白云飘在每个同学的心间。端茶、倒水、发房卡、提箱子、叫早，楼上楼下，电梯间、房间、餐厅都能看到她忙碌的身影。

朋友助兴送来的茅台酒喝过三巡，全羊肉吃过五味。班长深情地端起酒为我们演唱起《祝酒歌》，闫同学放下奶茶壶即兴伴舞。班长声情并茂，眼含热泪。闫同学舞姿优雅，情真意切。大帐里爆发出欢乐的掌声，随后变成马来同学“呀得——！”的祝酒声。班长的蒙汉双语演唱，同学们早已领教过专业歌手的厉害，闫同学近似专业的舞蹈，同学们真没有想到。

大巴车告别了蒙古包和热情的人们，继续向满洲里方向驶去。车上的老同学们酒足饭饱，睡意蒙眬。车后排的年轻同学却突然兴奋起来，快看！就见一辆白色的越野吉普车从车后追赶而来，然后与旅游车并驾齐驱，开车的是闫同学，班长疲惫地坐在副驾驶位上，他们要去打前站。闫同学挥舞着手像个孩子，一脸的兴奋和微笑，我一点也看不出这位中医世家的院长到底年龄几何？我心里惦记着年过半百的班长，他是一家企业的董事长，为了这次清华 L26 班的毕业草原游，多次往返北京与海拉尔，亲自制定路线，从衣食住行，到景点游玩，事无巨细，他要把最美的草原送给同学们。越野车一闪而过超越了大巴车，一骑绝尘，前方那条粉红色的纱巾在风中渐飘渐远，消失在蓝天白云的天际之下。

两天后，从满洲里口岸、呼伦湖、湿地回到呼伦贝尔宾馆的送行晚宴上，班长喝得有点高，但非常尽兴。他说，是同学这两个字，让我们返老还童，没了大小。没想到，老了老了我有了一帮可以一生到老的同学，这一辈子没白活。从宴会开始到结束，班长手端酒杯边喝边唱，泪如雨下，再看闫同学和我们早已哭得像个泪人。

睡在我下铺的将军

几乎过去了半个世纪，我的记忆依然清晰。因为，平易近人的老将军，是睡在我下铺的“兄弟”。

昨天，省军区男、女篮进行了换防。这对于我们通信站篮球队的战友们来说，绝对是一个天大的好消息。半年多了，身高一米八左右的帅小伙们，遇到了身高近两米的一群大汉，别说邀请赛不敢迎战，就是训练也得等人家休息才敢上场。

这是 1977 年初夏的上午，我整理完站长、教导员房间的卫生，走到二层小楼的门口，第一次看比我个头还猛浪的女人打篮球。我，是通信员，一个刚刚加入通信站篮球队的新兵蛋子。

女队员们在场上认真地进行着传切训练。这时，一个身材不高的老同志向我走来。我一见“四个兜”慌忙立正敬礼。问老同志找谁？老同志冲我笑笑，说，小鬼，我谁也不找，领我到你的铺上休息一会儿。

站首长和文书到南院女兵话务区队考评去了，站里只剩下我一个人。我莫名地看着老同志，不敢再多问什么。于是赶忙头前带路，来到文书和我的宿舍。我把老同志让到了我的铺上坐下，给他到了一茶缸水。老同志接过水，吸溜喝了几口。我赶忙打开内务，从被子里拿出枕头，一件包裹着几件换洗军装的白布包。说，枕头有些低，我找报纸垫上吧。老同志说不用，一骨碌躺在我的床上就呼呼睡着了。

我给老同志盖好被子，蹑手蹑脚带好房门，回到小楼门口继续看女篮练球。场上有两个队员特别地吸引我的眼球，一个是身高一米七五左右，浓眉大眼的队长，她是个后卫，运球分球简单实用，前后场篮板也很厉害。再一个是右前锋，一位细高个儿的漂亮女孩，看上去很小很文静的她，一旦拿到球，就如同一只雪豹，速度惊人地直奔篮下。我也是个篮球业余高手，曾在县队打球。一看到篮球就手痒，尤其是看到全是穿四个兜的女兵在场上打球，就想上去比试一番。

午饭时间到了，女篮的队员们训练结束，简单的在我们一楼的洗浴室梳洗过后，慵懒地去了饭堂，那里有通信站专门给她们开的小灶。

站长、教导员、文书回来了，我在楼道里瞄见了他们。他们没有回宿舍，疾步奔向了饭堂。

老同志还在呼呼地睡，我在楼道里不知可否。这时文书脸色慌张地跑来，问我见到张司令了吗？我说谁是张司令？文书说，坏了，司令部陈参谋说他上午就到了我们通信站。文书说着转身向回跑，跑了几步又突然转身，问我怎么不去吃饭？我说，有个老同志在我的铺上休息，我不知道该怎么办。文书说，老同志？我看看。

我们轻轻推开房门，老同志刚刚醒来，坐在床沿。文书看了一眼，就不见了踪影。不一会儿，站长、教导员气喘吁吁地全跑来了，他们整理好着装，恭敬地站在楼道里，等我陪着老同志从屋里出来，齐刷刷打着敬礼。报告张副司令，站长孙宝贤，教导员常秉德，请司令到饭堂就餐！站长是个粗人，当张副司令走过了他的视线，他突然踢了我一脚，瞪着眼说，新兵蛋子，首长来了为何不报告？我说，没看出来。教导员说，你长眼就是光看女篮训练呗？我委屈的没敢说话。张副司令突然转回了身。你们两个说什么呢？是我没告诉他我是谁，昨晚在火车上一宿没睡好，今天在这里睡的挺香。司令说完，回身一把攥住我的手，把我拉到身前，说，以后在这儿训练，我的生活起居就由通讯员负责了。

听了张副司令的话，站长、教导员异口同声地大声说是。我的心里暖暖的。我跟着司令在头前走着，站长、教导员在后面跟着，文书早就跑到饭堂打前站去了。

晚饭后，通信站男篮与军区女篮进行了首场友谊赛。战事很胶着，女篮虽占有技术优势，我们却占有天时地利人和，主要是我们话务区队的女兵，一边倒的为我们加油鼓劲的欢呼声，直喊得我们拼尽了全力，小胜对手。从此，我与张副司令成了朋友。为了不妨碍我中午休息，副司令提议，我们配置了双人床，他成了“睡在我下铺的兄弟”。

版纳四题

西双版纳，一个魂牵梦绕的地方。一草一人生，一花一世界。采撷几个片段，记录真实的瞬间，让美好回忆陪伴一生。

1、浴佛

航班在景洪机场一降落，我的整个身心就像坠入一个充满神秘色彩的缤纷世界。这里的一切是那么陌生而又新奇，就连天空中飘过来的风，也散发着淡淡的芳香。一座红砖红瓦红木结构、造型独特的尖顶小楼，汇聚成候机厅一道别具一格的亮丽风景线。驻足机场，抬眼远眺，但见重峦叠嶂，层林碧透，一座座烟雨蒙蒙的椭圆形山峰横卧在云封雾锁的群山之巅，大有凌空飞玉，翠落人间之感。我看得纳闷，这时身穿孔雀图案筒裙，头插鲜花，肩扛粉红小伞的桑多尼(傣语：小姑娘。这里指导游小姐)过来告诉我:“这是版纳一景,山雨为青山戴帽,群山之巅看明珠。”我问这景常出现吗？她说：“天天都会看得见，我们这里是热带雨林气候，一天要下十几场雨，所以高大的山峰都像是被悬托在空中。”初来乍到，一头撞见这幅美丽壮观的画卷，自觉不虚此行，心儿便随着那把小伞，飘进了景洪市区。

景洪市是西双版纳傣族自治州首府。这是一座具有南国风味又有异国风情的小城。宽宽的马路两旁生长着茂盛的油棕树，错落有致奇特明快的店铺与现代化的高楼大厦交相辉映，呈现出五色缤纷的繁荣景象。街面上，五颜六色的人群熙来攘往，明眼人一看便知道，穿鞋的是顾客，光脚的是当地人。

下榻在九江宾馆，来不及喘一口气，桑多尼就催我们乘车前往西双版纳民族风情园。路上，她告诉我们："你们外地人说的'泼水节'，是我们的傣历新年，通常是在阴历四月。为了欢迎远方的客人，我们在园中的歌舞表演厅特别安排了这个节目，去晚了怕赶不上。人常说，享受一下湿透全身的'浴佛'，幸福将伴你终生，希望大家不要错过这个机会。"

说来运气真好，我们匆匆忙忙赶到歌舞表演厅时，正赶上最后一个节目——泼水节。起初，我们弄不清是怎么一回事，只是傻呵呵地坐在四周竹棚下的长椅上，看着刚刚表演完节目的桑多尼和毛多尼（傣语：小伙子），陆陆续续走到了院子中央的一个大水池前。我不知他们要干什么？觉得好奇，举起照相机待要拍照，这时就听一声呐喊，桑多尼、毛多尼们像四射的焰火一般，飞溅到客人们面前，将一盆盆清水泼将过来。来不及反应，来不及躲闪，头上脚下顿时成了水人。

人群开始四处逃散，勇敢者却留了下来，当然这里面也有我。来版纳不过把泼水节瘾就算没来，我心里想着这句话，急忙把相机交给同伴，兴高采烈地加入了泼水行列。

清水犹如倾盆大雨不分东西南北上下左右地浇了下来。人还没跑到池边舀水，早被装作没事人一般的穿紫色筒裙的高个桑多尼泼个满脸开花。几番挣扎，我冲到池边，但无奈虽孔武有力，却技不如人，最终还是败下阵来。退避出口处，得以喘息偷眼观看同伴，一个个落汤鸡一般，自觉好笑。同伴们瞧见我，也是笑个不停。他们一边抵挡着前后左右的夹击，一边招呼我继续上场参战。就在同伴老潘招呼我的同时，穿紫色筒裙的桑多尼，把一盆水完完整整地从他的头上浇到脚下。人群中哈哈大笑起来，于是，我再次手舞足蹈地冲了上去……

一切尽兴，净化了身心，忘记了忧愁，回归了大自然。从民族风情园回到住地，换过潮湿的衣衫，我们到景洪旧城区的傣家客栈做客。坐在竹楼里，眼观厅堂之上桑多尼与毛多尼的欢快傣家舞，耳听窗外霏霏细雨轻敲芭蕉声，细细品尝满桌丰盛的傣家饭菜。嘿，那份感觉，十足惬意。

2、绿眼睛

窗外淅淅沥沥下了一夜小雨。早饭过后，天依旧在尽情挥洒着喜悦的泪珠，在迎接着我们这些从干旱少雨的北方来的客人。

桑多尼是在汽车启动前才来的，她今天换了一件乳白色的筒裙，显得既高雅又庄重。上车后，她笑一笑算是表示了歉意，然后通报了今天去勐海、打洛，到缅甸的勐拉参观路线。

汽车出了景洪，向西南驶去。桑多尼告诉我们，自治州辖景洪、勐海、勐腊三个县市，面积约两万平方公里，人口约八十多万，这里居住着傣、哈尼、布朗、基诺、爱尼等十六个民族，傣族占全州人口的百分之三十，汉族只有十几万，在这里属于少数民族。一路上，桑多尼回答了我们提出的许多疑问，如景洪是黎明的意思。西双版纳在当地简称“版纳”，是十二片领地的意思。称年迈的大爷“老波涛”，年老的婆婆为“老咪涛”，傣家人禁忌摸小和尚的头，那样会遮住阳光，影响修行。男人不准窥测主人的卧室，否则要招上门女婿……

汽车穿行在山林之中，起初我的感觉并没有什么特别之处，山道上只不过是树多些，草绿些，菠萝地一块连一块，橡胶林一片连一片，偶尔还能看到一些我们北方常见的玉米。然而，当汽车沿着澜沧江的支流罗梭江七转八绕走进大山，蓦然呈现在眼前的是一个山峦碧染的绿色世界。天被参天古木遮掩的严严实实，路被青藤缠绕的只留下一条缝隙，行走在林间路上，就像是进入了一个空旷而又久远的绿色通道。满眼风光无限，满眼碧绿一片。看景是绿色的，看车是绿色的，看人也是绿色的，仔细看看同伴的双眸，也都幽幽地闪烁着绿色的光芒。

罗梭河在叮咚不停地唱着歌，陪伴着盘山道上的旅游车，时隐时现在烟云缭绕的丛林中。江水一会儿在山中消失了，眼前即刻呈现出一片碧绿的稻田。江水一会变得宽阔起来，须臾就见一座小小的水电站。江水一会儿离我们很远很远，那是我们在爬坡。陡然间，江水又从车轮下流过，那是我们来到了峡谷地带了。一路陪伴，一路歌唱，罗梭江把我们送到了勐海、打洛……

在领略了异国风情之后，我们重归版纳。汽车在景洪远郊一个叫曼听的地方停下来，这里有一个年久的寺庙，叫什么名字我没记下来。寺庙不大，建在一个山坡上，院子里有两棵大棕树，高有十丈，我们在下面照了相，只可惜，由于树太高，我们无法取下树冠美景，只好把两根粗圆的树干带了回来。寺庙虽小，但香火很是旺盛，三三两两的小和尚不时在院里走来走去。傣家人信奉释迦牟尼，男人七八岁便送入佛门修行，只有这样，他们认为才能成为有出息的人。庙堂里光线很暗，有一股香草和土腥的混合气味，我们按照习俗，把鞋脱掉，用手拎着，走在光洁的地板上，似乎也体味到了一些出家的味道。

从寺庙出来，山道两旁是早已恭候多时的纪念品小摊。有兑换缅币、泰币的，有卖各种名贵药材、“象”皮腰带、柞木大象的，还有卖各种“玉”石手镯、“金”项链、“猫”眼石的，“宝”物应有尽有，叫卖声此起彼伏。我对珠宝毫无研究，且谨记人们常说的一句话：“出门别捡便宜”，所以对这些也就毫无兴趣。但是，我也有一条出门的原则，这就是观光、了解民俗，还要饱尝民族风味小吃。

版纳的小吃种类很多，但最常见的也是我认为好吃不贵的，当属聚集在路口开阔地的小吃摊。五块钱两只烤鱼。一根竹管，从中间劈开，把洗净剖成两片的罗非鱼夹在上面用香茅草叶捆好，然后放上葱、蒜、青椒、芫荽和盐末儿，一边在火炭上炙烤，一边涂抹猪油，五分钟过后，香香嫩嫩的烤鱼片就成了，尝一尝，味道好极了！还有一种烤田螺肉，一块钱一串，既劲道又香，越嚼越想吃。其实说来说去，至今让我闭嘴一咂摸就想流口水的还是那用糯米做的香竹饭。两块钱一竹筒，足足有一斤。也不知那竹子是怎么长的，怎么就那么清香扑鼻？只见放在火堆里的竹筒冒了好大一会儿气，卖烧烤的桑多尼便把它从中抽出来，先用木棒敲打一番，然后用刀削去烧煳的外皮儿，再用刀轻轻一磕，竹筒上下便裂开一道缝，但不开不散，等你稍稍用力一掰,这就露出了包着一层白膜的亮晶晶的米饭，这时挡不住的香气一下子就钻进鼻孔里。劲劲道道，香香甜甜，那真是吃一次想半年，两元钱解了一辈子馋！

下雨了，我们开始上车赶回景洪。悠闲自得的几只小黄牛，在哞哞地向我们告别，当然还有那些身穿花筒裙脑门儿点着红点儿的小桑多尼们，因为我们中的许多人和她们一起照了相，当然照相是有报酬的。

3、老咪涛

翌日，又是雨中，我们前往有着“皇冠上的明珠”之称的勐仑，游览雨林奇葩——中国科学院西双版纳热带植物园。由于许多路段还没有铺成柏油路或正在修建，所以路上有些颠簸，倒是这般透过车窗观景，越发增添了一份美妙的动感。

植物园建在勐仑东南方向十几华里的葫芦岛上，面积大约九百公顷。由于这里常年平均气温在二十度，降雨量保持在一千五百毫米左右，所以特别适合植物生长。当我们穿过罗梭江大桥，步入这碧水环绕、奇花斗艳、异木争荣的植物王国，大自然的神奇魅力，霎时将我羽化为一片树叶，一只小鸟，一枝花朵，一棵小草。

漫步在棕榈林区，一棵棵高大挺拔的椰子、槟榔、大蒲葵、贝叶棕树，像士兵一样伫立在毛茸茸的草坪上。抬头仰望树冠，但见蓝天白云下面，一团团绿茸茸的锦缎在涌动飘移，使人心旌摇荡浮想联翩。我不知道该怎样描绘眼前的美景，我只能说你到了这里，便会产生一种误入仙境般的梦幻。

我从小喜爱画上的椰林，但从未见过真正的椰树，所以当梦想成真之时，我爱不释手地抚摸着一棵棵棕榈树，尽情享受着不尽的风光乐趣。这时，我发现了坐在甬路旁石头上的傣家老咪涛。她穿一双黑色高筒雨鞋，一把小雨伞放在一边，身前摆放着一篮子鲜嫩的蔬菜。大概是刚下过雨的缘故，植物园里人很少，所以无论是我，还是老咪涛都感到很新奇。我怀着一种说不清的心情和好奇心走过去与老人攀谈。老人很随和慈祥，她会讲汉话，只是多少带一些听得似懂非懂的云南口音。她说，她是景洪人，当然是傣家人，今年六十二岁。我问她都去过哪里？她很自豪地说，她有一个儿子在昆明，前些年她去过那里。我问昆明好，还是版纳好？她说，昆明太大，楼房也高。版纳呢景色好，人也少，还是家好。看着她非常自信的面孔，听着她那虽说不上流利，但完全能够交谈的汉话，我感到傣家人不仅拥有得天独厚的丰富资源，而且性格开朗，天资聪慧。

同伴们又一次催我了，匆忙中忽然想起问她卖什么菜，她告诉我一大堆名字，可惜我一个也没记住。

远去了，回头望一望，老咪涛依旧安详地坐在那里，红红的雨伞是那样夺目。告别了棕榈林区，我们又参观了神秘果、箭毒木、铁树王、高山榕、菠萝蜜等等，以及名贵的香菜兰，还有像圆桌一样大小的王莲，最后来到兰花亭小憩。坐在竹椅上，喝着鲜美的西番莲果汁，细细回味一天的收获，我真舍不得走出这璀璨的绿宝石之地。

4、村医莫军

在与版纳说声再见的前一天，我们来到了勐仑镇购物。来时，晴空万里，几乎是直射的太阳，还晒得头皮发胀，谁知车到勐仑之时，天空忽然下起瓢泼大雨，顿时大街小巷水流成河。我们没有时间在车里等候阵雨散去，大家不约而同地跳下车，分散到东一伙西一堆避雨的人群中。

勐仑镇楼房不高，但街面上商业繁华，各个店铺挂满了傣族服饰、背包、手包和各种旅行纪念品。农贸市场摆满了芒果和菠萝等水果。这里的水果非常便宜，五元一公斤芒果，一元一个菠萝，恰好只有广州的六分之一价格。我心里盘算着，这东西要是运回北京，那可就值老鼻子钱了。

由于是在版纳最后一次购物，大家皆有囊中不空誓不休的劲头，大包小包不一会儿就堆到了车上。要开车了，有人喊一声急急忙忙跑下去，时间不长又买回一大抱“孔雀羽毛”扇子。

阳光从云缝里透出来，空气变得闷热起来，众人挤在堆满物品的车里，汗水不由自主地往下淌，开车了，凉风陡然从窗户里钻了进来，吹在身上冰凉难挨，于是我们又赶紧关车窗。这就是西双版纳，奇异的“动静”温差。

离开了勐仑镇，桑多尼带我们回归主题，去造访爱尼山寨。

爱尼人由于历史的缘故全部住在大山深处的高山上。我们在桑多尼的引导下，沿着树木葱茏的山坡，踏着脚下湿粘的红土，我们进去了山寨。在一处与傣族楼相似，但略显粗糙的竹楼前停下脚步，一位早已等候多时、身穿黑布衣裤的老男人热情地迎接我们上楼。

木楼分上下两层，下层四周没有栅栏，养着猪和鸡，堆放着杂物。拾木梯而上，楼的出入口处是一个二十平方米的阳台，楼板上放着一领席，有一个年纪轻轻的女人在和两个孩子玩耍。女人见到我们站起身来，目送我们走出正屋。跨进房门，展现在我们面前的是一个大厅，引领我们上楼的男人，很友好地把我们让到火塘边坐下，与我们交谈起来。他说他叫莫军，五十五岁，是山寨的赤脚医生。闻听此言，我肃然起敬。于是，我好奇的寻找起他的药箱，迫切想听他悬壶济人的故事。我仔细打量楼里的物件，除了一台十四英寸的黑白电视机和几件用宝丽板做的酒柜、衣橱，其他的值钱东西要数仓房里的那些米了。莫军看懂了我的心思，起身走到了衣橱前，打开柜子，一只老旧但干净的药箱摆放在那里，上面的红十字，漆过不久，十分扎眼。除此之外，还有不多的针剂、盒药。莫军告诉我，山寨出行不便，我们平时看病用的都是山上自采自制的中药，这些用于急救。莫军告诉我，医术是爷爷和父亲传给他的，尽管用药带有一些神秘色彩，但很廉价实用，确保了山寨一方平安。莫军说着挽起袖子、裤腿，我看到了道道伤疤。莫军说，这就是我的军功章。我从桑多尼哪里知道，爱尼人的生活远不如傣家人。当然，这也许归咎于莫军三子一女九个孙子孙女的缘故。虽说未来不可限量，但眼下吃力很多。

天空中又飘起了小雨，莫军站在楼上在向我们挥手送行。想着他那九月菊似的老脸，我不敢回头，因为，我不愿将这凄苦面孔带进我的感情世界，让他冲淡我对版纳旖旎风光的思念。但是我最终还是坚定地回头招了招手，因为我要感谢他的人生给山寨带来了安宁和祥和。面对现实，心潮涌动。版纳虽美，但还有许多地方不尽如人意，当然，瑕不掩瑜。

第九辑　家乡礼赞

我深深地爱着我的家乡，她不仅哺育我成长，而且把美好事物植入我的心灵，羽化为我精神上的寄托。无论我走到哪里，家乡那些闪耀着智慧光芒的人和事就像一把无形的大伞，为我遮风避雨；像闪耀的灯塔，为我照亮前行的道路。

老县长

他曾经是一县之长，但他又是人民公仆。无论是否在职在位，百姓的事在他那里就是大事。所以，尽管他去世多年，他的音容笑貌却鲜活在百姓心中。

人们都说他是个传奇的人物，任丘的事，只要他一掺和就好办，一出场问题就得了结。他自己却说：“言过其实，不要听别人瞎叨叨。”他，姓王名书田，六十有五，中等结实的身材，古铜色的面庞，花白短发，眼睛不大，炯炯有神。虽然他如今是任丘市老龄工作委员会主任，可人们偏爱称呼他过去的官衔——老县长。

老县长是四年前任邱县改市后从政协主席位置上退下来的，别看人歇了，好戏却一台连一台。先是华北油田领导登门聘他当顾问，后是市领导请他去一家大厂领衔坐镇，等等，有些应聘条件是丰厚的，月薪五百元，外加三室一厅住宅楼，但这些都被他婉言谢绝了。他说他老了，不愿在其位谋不了其政！其实他心里想什么，老伴最清楚。一九八九年五月的一天，当市领导把请他担任老龄委主任的聘书送到家中，老伴替他应了下来。尽管他嘴上说不行，心里却认可了。不过，返聘的那五十元工资差额，他一分也不要！

一九八九年七月十三日，老县长走马上任了。面对这一无钱二无权的新摊子，他从头到尾开始了人生第二次开拓！首先返聘了两位事业心强的老同志负责日常工作，在全市二十八个乡镇办事处和四百一十二个村建起了老龄委和老年协会，然后以老年基金会的名义向社会聚财十三万多元。“有了人，有了钱，有了组织，剩下的就是干事业！”为了推动社会敬老养老活动，他通过市电台、电视台大造声势，亲手把“敬老光荣”牌匾送上家门，把虐待老人的不孝子孙送上法庭。为了签订赡养老人协议书，他三伏酷暑驱车下乡，三天的功夫，把全市乡镇办事处转了一遍，不出三个月，签订协议书二万八千多份，占全市应签户百分之八十。为了给老年人再婚创造条件，他从油田借来三间旧活动房，找房管局的人漆一漆，跟供销社的领导打个招呼占块地儿，再聘请两位老同志守摊，老年婚姻介绍所很快在市中心的供销大楼前开了张，半年时间就有九对老人喜结良缘。为了搞好文体活动，他还积极操办成立了老年迪斯科队、文艺演出队和门球队。

尽管如此，也有人对老县长的工作持有异议。

有人说："老了就该歇着，穷折腾什么？"

有人劝他："要好自为之，当心前功尽弃。"

别人怎么说他不在乎，可做了一辈子工作的表兄来家喝酒也劝他："弟妹发高烧输着液，你偏去沧州开会，人没看好，冠心病更厉害了，也不知图什么？"

"图什么？"他说："就图一九四三年入党，就图大伙信任我，你也甭说也甭劝，这回我是把瞎子领进了家，说不上不算了！"

去年深夜的一天，市招待处来电话：说是有位乡下来的老太太找他。他二话没说，骑上自行车冒雨来到了招待处。老太太名叫杨大珍，家住离城四十里的惠伯口乡边关村，多年与儿媳闹矛盾，乡村调解未果。后来她听说市里有个能断家务事的老县长，这就打听着来了。听完老人的诉说，老县长心里很不是滋味。"老人家，我们的工作做得不好，让你吃苦了。你今天先回去，明天一早我就去你们乡。""真的？"老人有些不相信。"我没说过瞎话。"老县长说完掏出身上准备买菜的几元零用钱，"花两块吃碗烩饼，剩下的买张车票回去吧。"老太太点点头，眼里噙着泪花走了。第二天，老县长如约赶到了惠伯口乡，他找来乡、村领导，很快结起了这桩事。

他就是这么个人，为人热情、豁达、豪爽，不管大事小情，只要有求，他就必应。邻里为建房打架，他把双方叫到一起交换意见，免了一场官司。单位之间闹矛盾，他把两边儿领导请到家中握手言和。有人说：老县长的家就是民调委员会。

老县长的事要讲的太多了，他就像一团火，走到哪燃烧到哪，照亮哪！只要你同他接触一次，你就会被他身上潜在的一种感人的神奇力量所折服！

梦里母亲

母亲离我而去三十多年了，但我觉得她如同活在我的眼前。她给我留下的精神财富，千车难载，万船难装，时刻鞭策着我做一个脱离了低级趣味、靠真本事安身立命、有益于人民的透明人！

我一而再、再而三的在脑海里重现那一片白茫茫的世界。淡淡的薄雾笼罩下的灰色小城，有一条千年古槐一样的狭窄街道，在门板商铺织成的十字街道的东南角，有一座三进式的斑驳陆离的灰砖灰瓦的院落，走进漆黑的大门洞，穿过前庭、中庭来到后院，左侧有一间北房，里面有一张东西摆放的单人床，我的白发亲娘身披那件穿了21年的补丁摞补丁的黑色夹克袄，端坐在紧贴西墙山的三屉桌前，正在聚精会神地看着卷宗。我站在门外，泪眼迷离地隔着模糊的玻璃看着母亲，一连叫了三声“娘！”人却恍若隔世。冥冥之中，我怀疑自己是否是在做梦？把手指放进嘴里轻轻咬合，我感到了疼痛。直觉告诉我，母亲还活着。她一直健康地生活、工作在那座小城。娘！我大声地叫着，羞愧的泪水不由自主地流淌。是我们这些不肖子孙把娘丢在了这里，而且从未认真的寻找过一次。我们尽情地在世间享受着荣华富贵的快乐，却把母亲遗忘在艰苦岁月里。

在我的忏悔声中，斑驳陆离的屋门打开了。母亲木讷地看着我，惨白的脸上呈现出对陌生人的微笑。面对母亲异样的目光，我心如刀绞。我为没能尽到儿女的孝道而自责。是母亲给了我们生命，我们却把母亲丢在了那个降临我们生命的县城。二十五年了，逢年过节，我们到母亲的墓地烧纸上坟，以求上天保佑母亲，然而，我们却忽略了母亲活着的现实。

瞬间，我的天空是灰色的，大地是灰色的，房子是灰色的，心情也是灰色的。再次狠狠地掐着自己的胳膊，依然感到疼痛。此时，母亲和蔼地看着我，苍白的脸上露出了笑容。这绝对不是梦。因为，我每次犯了错误站到母亲面前，她总是这样微笑地看着我，直到我把倔强的头颅低下。母亲生活的那间十平方米的老屋，是S县人民法院的副院长室。在这里，我亲眼见到威严的母亲审问罪犯，依法把他们送进监狱、押上断头台。也看到和蔼的母亲调解民事纠纷，感动的当事人泪流满面，下跪道谢。母亲连续23年担任主管业务的副院长，她天天总有看不完的卷宗。即使回家烧火做饭，这卷宗也要拿在手里，因此贴饼子烧煳了那是经常事，吃煳嘎巴也就成了母亲的专利。那时我人小不懂事，母亲说煳嘎巴打食水，越吃越香，我还信以为真。一次，我曾偷着尝了一口，没想到苦到今日我还在咧嘴。

时间定格在2010年10月的一天。我大概提前到了更年期，许多毛病都一股脑的凸现出来。烦躁、焦虑、多事、忘事等症状交叉反复出现。昨日，同一位朋友小酌，他告诉我人生有三大明白：一是事后，二是大病初愈，三是退居二线。想想有些道理。人在物质享受和追逐名利上，要学会严于律人，宽以待己。片刻的安慰过后，无法抗拒的失衡情绪再次缠绕着我的躯体，使我感到疲劳和郁闷。席间滴酒未喝，午休却依然睡得有滋有味。雾气依旧弥漫着小城，伸手不见五指。这是1954年深秋的一天夜里，母亲把那辆骑了一辈子的天津二厂自行车蹬的旋转如飞，她这是深夜冒雨去二十公里外的乡村勘验杀人现场。回程的路上，雾气夹杂着小雨越来越重，大路小道全是明水暗道紫河泥，一道道让牛、马车碾出的车辙，在黢黑的夜里到处布满了陷阱。刚刚穿过一片玉米地，母亲重重地从自行车上摔了下来。霎时，一阵剧烈的疼痛从小腹传遍全身，顿时血水湿透了衣裤。母亲流产了，她有三个多月的身孕。然而，母亲咬牙坚持骑车回到了单位。随后只在家中喝了三天红糖水，吃了十几个鸡蛋，就回到了工作岗位上。

……

“醒醒，儿子。”我感觉到母亲的手在轻轻地抚摸我的脸颊，软软的，绵绵的，非常富有亲和力。我用力睁开眼睛，发现了母亲一贯平和、慈祥、坚定的目光，这目光是我在参军时就深深埋藏在心底的力量。那年自卫反击战前夕，母亲把我送到了军营。临别时我看到的就是母亲这饱含深情的目光，一直鼓舞着我“做一个人前背后透明的人，一个靠本事吃饭的人。”母亲从小没上过一天学，但她聪慧过人，自学成才，1954年毕业于中央政法干校东北分校。她一生办案无数，但从未出现过差错。

黄昏里，我终于被母亲叫了起来。迷离之中，母亲却走进了一望无际的青纱帐。我在后面呼唤着母亲、紧紧地追赶着她的脚步，母亲说你不要过来。我问为什么？母亲说，你还不够资格。我问怎么才够资格？母亲说，信念坚定，不忘初心。看着渐行渐远的母亲的背影，我的心里在淌血。娘啊娘，你要去哪里？难道你丢下我们就不管了吗？我一遍又一遍地大声呼喊着母亲，母亲依旧坚定地向远方走去。突然，就在母亲消逝的刹那间，我仿佛看到她老人家回转身来，一个天籁之声回荡在苍穹：我要去看一看 1942 年一起出来打鬼子的兄弟姐妹们，这些年天天忙于工作，我对不住他们，因为没能照顾好他们的亲人。

出　汕

古老的捕鱼方式，已列入非物质文化遗产名录。从这里你可以看到水乡人辛劳的过去，也可以看到幸福的今日和梦想的明天。

生在白洋淀，长在白洋淀，三岁跟在大人屁股后面看打埝逮鱼摸虾，七岁光着腚划船儿下淀踩藕拾菱角，可就愣是没见过出汕。

船哥说，出汕一次要等上几年，女人和孩子都不让看。我问，我怎么大了也没见过？船哥笑了，很神秘。莫说你上学进了城，一年回不来一次，就连淀边许多不治鱼的庄户人都没开过眼。这次我是以记者的身份来李广三村看出汕的，船哥是老少官称，他五十来岁，是三村的支部书记。一路上，船哥告诉我，这汕有秋汕、冬汕和春汕。深秋水凉了，鱼儿都躲在芦苇里。打苇前，先用苇箔把苇塘圈住，然后边打苇边收箔，这种治鱼法儿叫秋汕。冬季结冰后，把苇田四周的冰破开，扎下苇箔，冰往外顺，箔往里赶，这法儿叫冬汕。秋汕既要打苇又要治鱼太辛苦，冬汕天气太寒冷，不宜出汕。所以渔民们留好苇田，把下汕和出汕的时间挪到了大淀开化的三月。

水上雾气氤氲，一条停泊了一冬的旅游船划破了一片片被台田和村庄分割成淀塘的宁静水面，驶向灰蒙蒙水茫茫天水一色烟波浩渺的大淀。今天的天气对出汕来说不能算是个好天气，因为天太冷鱼儿躲在苇丛里不出来，可是大进小进折腾了二十几天就赶上了这么个日子，是福是祸就看最后挑窝子了。船哥说完笑笑，他说我说的这些治鱼人是不爱听的，你们到了后，千万不要乱讲话，眼镜要摘掉，更不能背着手站着。对于这些清规戒律，我的心里或多或少有些发紧，好在船哥又说这年头人们不那么较真了，出汕不光是为了生计，多有的是发自兴趣。

旅游船驶进大淀的入口处，有两条机动船停在那里，上边的人正用长长的钐镰在捞芦苇。船哥说，你们看到的这水下的苇茬子，就是下汕的边沿，这片春汕有一百七十亩。顺着船哥手指的方向，远处有数十条船静静地围拢在一片密密麻麻的水寨前，却不见想象中的人声鼎沸场面。船至近前，这才发现渔民们正在打尖（水乡人称未到正时吃饭的俚语），船的周围原来是用苇箔插成的里三层外三层大方子套小方子颇似迷宫的春汕连环阵。渔民们见了船哥和我们，显得很平淡，但他们还是真心地端过两大碗刚刚出锅的鲫鱼，递过几瓶啤酒，让我们品尝。船哥不客气，替我们接了过来。我们边吃边谈。船哥告诉我，今儿是出汕的高峰，也就是在决战，叫挑窝子。

渔民们打完尖，在一起简单地念叨几句。就见一条看汕的窝子船，从打开的苇箔缺口处划进去，紧靠在最后一道屏障前。船上站着几位事先早已推举出的行家里手，他们手中分别举着鞭炮、香火和啤酒。在这些汉子中间，站着一位年纪在八十岁左右、瘦黄脸的老人，大家尊他为黄爷。船哥说，这黄爷出了一辈子汕，驶了一辈子船，挑了一辈子窝子，三乡五里没他不开汕。黄爷面部很严肃，他先是跪在船头，点燃了三炷香，拜了四拜，磕了四个响头，然后用牙把啤酒瓶盖嗑开，一边念叨着插汕时许下的愿，一边将酒倒进淀水里。

这一百七十亩汕，
出两万斤鱼，
卖八万块钱。
两万交集体，
一万敬河神。
河神怎么敬？
唱大戏，看电影，
给小学生们买钢笔。
要是许愿不还愿，
尽出些个泥鳅河蚌鬼儿，
拾把苇子烧成灰儿。

一阵阵带着水音干巴脆的爆竹声响过，渔民们静伏在船上，目不转睛地看着黄爷和窝子船上的老少汉子，在苇墙的西南角两侧，用新箔各扎下一个两米来长、一米多宽的窝子，然后盖上草苫。随后把春汕的苇箔打开，让鱼儿进入窝子，这叫开旋儿。当这一切做好后，黄爷指使身边的汉子，继续向里收拢苇箔，最后把鱼儿赶进一个只有四十平方左右的方子。这时就听见水里发出呷呷的声响，仔细一瞧，鱼儿的嘴巴已露出了水面，黑压压的不见了淀水。

准备挑窝子！黄爷抹一把额头细细的水气儿，摆一摆手，就见一条大船载着一位赤着双脚裸着上身的红脸壮汉，来到窝子前。他撩去草苫，运足气力，把一张抄网插入窝子水中。周围汉子齐声呐喊：

拽，拽，拽！

只见白花花足有斤把重的清一色的大鲫鱼活蹦乱跳地出了水面。霎时，不等黄爷那紧绷的黄蜡脸露出笑模样，人们就一下鲜活起来。他们一个个脱掉上衣，露出绛紫色的胸膛，一双双又大又厚的手，轻巧地抄起船篙，一边喊着号子，一边有节奏地打着船帮。那跃跃欲试的神色，那发自肺腑的激情，那众志成城的一幕，构成白洋淀特有的风景。

日头滚过中天的云翳，渗露出缕缕耀眼的光芒。返航了，淀上依旧很冷很凉，我的心里却不时滚过一阵阵浓浓的乡情热浪。船哥说，这汕估摸着弄个万八千斤不成问题，只可惜今儿水太凉，你看不到大船载、小船装的忙碌景象。我说这许下的愿不是两万斤吗？他说这没问题，这汕是一边往里收，一边早出鱼了，咱们刚刚吃的鱼就是收汕的鱼。我恍然大悟。

一城金来，一城银，
比不上咱白洋淀聚宝盆。
当大官来，坐大轿，
赶不上窝子船上睡一觉。
穿绸缎来，吃燕窝，
有钱难买穷乐呵。
天不管来，地不说，
给个七品也不做……

谁在唱？是黄爷。谁在和？是船哥。

北方的白洋淀

白洋淀的故事流芳百世，白洋淀的景色闻名遐迩。八百字的语言无法诉说白洋淀的古往今来。选一段故事，掬一捧淀水，表达一种心意，寄托一个美好的梦想。我来看白洋淀，白洋淀也在看我。

北方的白洋淀，不属于北方，因为它生长着南方太多太多的灵秀。你看这滋润在碧波万顷中的翠绿村庄，这一座座千姿百态连接着庄户人家的碧玉小桥，这一幢幢五颜六色散发着淡淡鱼香的亭榭楼台，怎不叫人神怡心动、梦幻迷离。北方的白洋淀，属于北方，因为它镶嵌在广袤的华北大平原上。你看这参天立地的古槐新柳，这一户户不设防的渔家小院，这伟岸的驶船汉子、俊俏的采荷姑娘，怎不叫人性情豁达、心志辽远。北方的爹哟，北方的娘，北方的白洋淀哟，养育出世代好儿郎！

穿行在秀色之中，十里荷香飘过水生和女人的对话："我走了，你要不断进步，识字、生产。""嗯，你放心，我什么事也不会落在别人后面。"这饱含深情的话语，从老作家孙犁的笔端汩汩溢出，沿着千回百转的小巷，穿透无边无际的蒲苇，流淌在蜿蜒起伏的千里堤上。

船随舟行，心潮逐浪。沿着当年嘎子寻找队伍的路，我们来到雁翎队曾经战斗过的地方。这承载着厚重历史的旧屋老房，写满了战争的硝烟。这饱经沧桑的老船，见证着白洋淀的儿女们在血与火的涅槃中诞生，在红红火火的日子里成长。你看这星罗棋布的网箱，盛满渔家儿女的福分；你看这搏击风浪的鱼鹰，放飞渔家儿女的希望。走进鳞次栉比的暖房*，顿觉和风扑面，一个个憨态可掬的静静尤物，在闪转腾挪过程中，在精心呵护下，陡然间，如同滚滚流动的软黄金，铺满庄户人家的暖屋大炕。一淀金来，一淀银，淀淀都是聚宝盆。北方的白洋淀哟，你这富饶美丽的鱼米之乡。

“遥看白洋水，帆开远树丛，流平波不动，翠色满湖中。”夕阳在鸟儿的低吟浅唱中潜行在金色的大淀，暮归的船儿在悠闲的舞步中划向炊烟袅袅的港湾。金色黄昏，为夜娶的淀家儿女营造出瑰丽的洞房。白洋月夜，送来一份真诚的祝福。当黎明到来，雄鸡报晓，欢庆的酒香飘飘落落，撩开白洋淀美丽的面纱，一个鲜活的日子和生命，将在天人合一的大自然中诞生！

北方的白洋淀哟，你一草一木都含情，一水一土都是爱，你是孕育生命的摇篮，你是明珠撒落的地方！

千里堤上打桩歌

久旱逢甘露，六年盼水来。打桩演练，既是防患于未然，又是表达一种心情。美好的情感宣泄，展露出白洋淀人豪放的情怀。

终于熬过了漫长的干旱日子，白洋淀来水了！一九八八年

爬上山顶寺的人

八月十一日，这是个让人难以忘怀的日子！

自从一九八二年大淀干涸之后，我做了无数个巧弄轻舟、嬉戏碧水的梦；我曾一次又一次寻找过文人墨客笔下的“一水杳天际，平波静不流，三更鱼水息，清影射双眸”的“仙境”。然而，这一切却被围圈在大堤里面的三百六十平方公里的黄土地晾晒得无影无踪！大淀里寻不到一汪清水，就连号称通着海眼的“大清”“二清”也干得可怜巴巴的，淀上淀下人来车往，碾出一道道让水乡人撕肝裂胆的车辙。

六年，漫长的六年啊，终于苦苦地熬过去了。一九八八年夏季，太行山区连降大雨，上游提闸放水，一夜之间，素有华北明珠之称的白洋淀又恢复了往日的生机。

来水的那天下午，我们结伴由任丘驱车赶往白洋淀，意欲一睹那碧水连天的神韵。我们登上了三丈多高蜿蜒宏伟的千里大堤，穿过如织的人流，眼前的一切，顿时惊叹不已！一望无际的白洋淀，天水一色，澜平波浅，村庄掩映在墨绿的树下，小船穿梭在水中，好一派水乡风光！

来喽，水大爹来喽！不知哪位小伙喊了一嗓子，人流晃动起来，闪开一个夹道，只见一位老者，如同凯旋英雄一般，向架在大堤半截腰的打桩台走去。原来我们正赶上千里堤戗堤。

老爹麻利地攀上了桩台，挽一挽袖口，呷一口水，鼓一鼓刮得青亮亮的腮帮，亮一亮嗓子喊了声：“上——打桩——台！”

“吼！——”只见十几条肌肉隆凸的汉子，一哄而起跃上桩台。

“哎！——”老爹头一扬，胸脯一腆，一曲悠扬的水乡打桩歌从心窝里飞了出来：“唱个桩歌给乡亲们听——”

“给乡亲们听！”

“淀水一来百业兴——”

“百业兴！”

“红菱角，鸡头米，野鸭子飞到肉锅里——”

“肉锅里！”

“织苇席，送京城，白洋淀鲤鱼最有名——”

“最有名！”

老爹领唱一句，汉子们就重复一句尾音，桩子呢，眼见就往泥水里渗。

“白洋淀，好风光，十里稻香伴荷香——”

“伴荷香！”

“枣林晚渡，长堤烟柳，白洋月夜最出走儿——！”

“最出走儿！”

“走过京，下过卫，天下就数我白洋淀美——”

“白洋淀美！”

……

悠扬动听的打桩歌，带着水乡人民的情感飞向幸福遥远的天际，长长的木桩带着水乡人民的希冀深深扎进坚实的泥土！

享受寂静人生

人生需要独处。独处才能深度思考。远离喧嚣的人群，你会收到别样人生感悟。

我喜欢独自一人在除夕之夜的城市中徘徊，因为，只有在那一刻，才感觉自己真正拥有了这座城市。不是吗？无边无际、高楼林立的城市，所到之处，清幽空旷；抬眼相望，只有马路上的灯对着天上的寒星。此时此刻，你可以昂首挺胸大步流星直奔前方，也可以放松身心迈着方子步丈量马路，当然，你还可以闭上眼睛或倒走或横蹦或大声疾呼或引吭高歌。此时无人干预无人响应无人说三道四，身心俨然飞一样的感觉，在美妙的幻想中顷刻间找回自信。

春节是一个吉祥的日子，也是一个神奇的日子。繁华的城市在年三十的傍晚变得萧条，蓦然间就像瘦身运动席卷而来，商场、门店，抑或街上的小摊，也早已迫不及待地收摊回家。拥挤的马路变得宽大无比，嘈杂的市场变得无影无踪。该走的走了，该来的来了，春节就像是一把牛耳尖刀，把思乡的人们从交叉的人堆里剔出，分割成一堆堆，一块块，赠东送西。留下的骨头，便是那根深蒂固的土著老乡亲。一夜之间，喧嚣的城市在年夜饭的薰风中和谐平静；复杂的人际关系在骤然响起的爆竹声中变得单纯起来。年三十就像是渔网的纲，落叶归根的传统就是网花，思乡的人就是鱼。无论是鲤鱼、鲫鱼、黑鱼、鲶鱼，只要是进到网里，那就是一道美好的亲情大菜，所以大官、小官、平头百姓，一年之中，就有了这攀亲论道称兄道弟的自由平等机会。我想，这就是龙的传人所要寻根的真正意义。

享受独孤的感觉真好，她可以使你从另一个侧面了解社会与人生。所以当我置身于城市中心地带，眼前不见的是闹心的车水马龙。硕大的十字街，就像耶稣受难时的十字架，平静地躺在万家灯火之中。我的心从未这样平和过，此情此景不禁使我想起了那首埋藏在心底的诗：从繁华到寂寞，你会多愁善感；

从寂寞到繁华，你会想入非非；从寂寞到寂寞，你会心灰意冷；从繁华到繁华，你会心乱如麻。

我曾在这座城市前后生活了近半个世纪，每每徜徉在除夕之夜的十字街头，我才真正感觉到自己是在清醒地活着。是的，孤独与寂寞，可以使人意志崩溃，但更多的是它可以给人静心慎思的宽广空间，有道是：莫言寂寞少欢乐，寂寞之中欢乐长。

千里堤颂

我们常常忽略身边的一切，而向往遥不可及的远方。生活需要脚踏实地，工作需要好好善待当下，做人需要无私奉献。

白洋淀很美，可我偏爱千里堤，大概是千里堤在我的家乡任丘境内的缘故吧。不过，这不是绝对的理由。那么究竟是为什么呢？我无法诉说，总有一种难以割舍的情感牵挂在心头。仲夏的一天，我来到千里堤畔的西大坞村采写一篇稿子。在紧张的座谈、现场采访过后，已是傍晚时分。告别好客的众乡亲，我独自徜徉在千里堤上，心中不禁洋溢出一种绝妙的感觉：独享黄昏，而且是走在久已向往的“长堤烟柳”景色之中！

夕阳把无尽的爱抚慷慨地洒在这条位于白洋淀东岸、蜿蜒百余华里的长堤中心地段，蓊郁葱茏的柳树、槐树、杨树、榆树和挂满青果的枣树，顿时披上了一层金色的铠甲；炊烟在错落有致的排排青砖屋顶袅袅升起，团团挂在枝头，然后在近乎无风的天空慢慢散去，弥漫在层林之中，须臾形成一片雾气茫茫的海洋。我漫步在斑驳陆离的柏油路面上，整个身心仿佛进入了一个神奇般的童话世界！这就是历代文人墨客笔下的“长堤烟柳”吗？这就是我要寻找的感觉吗？

从西大坞到乡政府所在地不过二三里路，心有所思，脚下生风，顿饭工夫不到，我便来到了小有名气的七间房码头。驻足在高约十多米的大堤上，极目远眺，好一片波光粼粼、烟波浩渺的白洋淀水！那美妙绝伦的西坠红日，那无尽的碧玉般的荷塘、苇墙，那自由飞翔的水鸟，那点点暮归的小船……使人遐想无数，从心底涌动出一种清新怡怀的感觉！白洋淀太美啦！

双脚踏在千里堤上，双眸看着白洋淀，我久久不敢回答一个问题：究竟是白洋淀美？还是千里堤美？我生长在任丘，我爱我的家乡，可我更应当尊重现实，千里堤的名声远比不上白洋淀来得响亮，千里堤确实美不过白洋淀。

但是，良久，我不肯归去。因为，我不愿意接受这一现实。白洋淀虽美，可她隶属于安新、任丘、雄县、容城和高阳五县市管辖，而千里堤只是我们的呀！狭隘的家乡情结怂恿我径直走下大堤，来到一位刚刚收网的老者跟前。我要讨个公道，为什么厚此薄彼？

“小伙子，听你说了半天我明白了。其实，要说美还是白洋淀美。不过，你想啊，没有千里堤，这白洋淀的美能留得住吗？”

好个普普通通的水乡老爹，一句话解开了我多年的心头之谜。是啊，千里堤！你虽然没有华丽的外表，没有动人的妩媚，但你却有牢固的根基，伟岸的躯干；你默默无闻地奉献，无私地承受着风雨的侵袭，赢得了家乡人民的爱戴。这深埋在底层的美，不正是我们千百万人所追求、所向往的吗！